진심은 이별 후에도
상처를 남기지 않는다

진심은 이별 후에도
상처를 남기지 않는다

초판 1쇄 인쇄 2018년 3월 5일
초판 1쇄 발행 2018년 3월 12일

글 샤오옌징 | **옮긴이** 한성숙 | **펴낸곳** moRan | **펴낸이** 김영애
출판등록 제406-2016-000056호 | **주소** 경기도 파주시 문발로 405, 204호
전화 031-955-1581 | **팩스** 031-955-1582 | **전자우편** moran_con@naver.com

ISBN 979-11-958060-2-7 03820

이 도서의 국립중앙도서관 출판예정도서목록(CIP)은 서지정보유통지원시스템 홈페이지(http://seoji.nl.go.kr)와
국가자료공동목록시스템(http://www.nl.go.kr/kolisnet)에서 이용하실 수 있습니다.(CIP제어번호:CIP2018003640)

• 잘못된 책은 구입한 서점을 통해서만 교환이 가능합니다.
• 책값은 뒤표지에 있습니다.

마음을 열어주는 25가지 사랑 이야기

진심은 이별 후에도
상처를 남기지 않는다

샤오옌징小岩井 글 | 한성숙韓成淑 옮김

moRan

차례

사랑은 수행이다

행복은 사소한 교집합을 품고 있다. 파란만장한 이별 없이 같이 쭉 걸어가는 것, 그것이 행복이다. 아주 간단한데도 많은 사람이 그렇게 하지 못한다. 그 행복을 찾지 못하는 사람들을 보면 언제나 괴상하다. 때론 운명이 조롱하고 때론 막다른 길로 스스로 걸어간다. 어떨 때는 솜사탕 같은 감정이 느닷없이 확 굳어버려 저마다 안타까움을 자아낸다. 왜 이렇게 두 사람이 길을 같이 걷는 게 힘들어진 걸까?

사랑은 시대, 환경, 문화 등의 차이로 그 가치 형태도 변화되어 가고 있다. 이 책에서 들려주는 이야기는 바로 우리 시대 청춘들이 어떻게 사랑을 추구하고 또 어떻게 사랑을 잃어버리는가에 대한 고백 같은 것들이다. 그리고 사랑을 잃은 후 우리한테 남겨진 것은 무엇인지를 이야기하려 한다.

책을 쓰는 동안 나는 우리 세대를 오랫동안 유심히 관찰했다. 다양한 가치관 때문에 생기는 감정의 갈등과 교집합을 찾는 과정에서 어떻게 넘어지고 또 어떻게 다시 일어나는지 수없이 목도하고 함께 슬퍼하고 위로했다.

아마 나도 몰랐던 것 같다. 사랑은 현실 속의 끊임없는 수행이라는 사실을.

예전에는 내가 연애와 관련한 책을 쓸 거라고 생각한 적이 없다. 사랑은 내가 잡으려고 할 때마다 매번 달아나기만 했다. 때문에 내가 쓰는 이야기는 해피엔딩이 적었고, 있다고 해도 억지스럽고 기괴했다. 아마도 내가 글을 쓴다면 여인이 등장하지 않는 무협소설을 쓸 것만 같았다. 오랫동안 나라는 인간은 연애 쪽으로 소질이 없다고 생각했다.

오래 병을 앓으면 의사가 된다는 말이 있다. 나는 십 년 동안 여러 차례 실연을 겪었다. 매번 실패하면서 자신의 유치함과 부족함을 반성했다. 그 과정에서 인간 세계의 가장 활력적인 주제인 '사랑'에 대해 경외심을 갖게 되었다. 사랑은 말로 다 표현할 수도 없고, 지문처럼 사람마다 다 다른 것이다. 그럼에도 사랑은 언제나 서로 공통분모를 갖고 있었다. 다른 사람들의 사랑에 감동하기도 하고 분노하기도 하는 것, 그 공통분모가 있기에 가능한 것이다. 자기도 모르는 사이에 타인의 사랑이야기에 빠져들어 자기 이야기처럼 받아들이는 것이다.

　사랑은 떠났겠지만 우리의 생활은 여전히 계속된다. 지나간 사랑은 나에게 어떤 의미가 되는가. 홀로 아파하는 시간이 있을 것이고, 분노하고, 잊고, 새로운 사랑을 찾고 그런 과정을 반복하기도 할 것이다. 아무리 여러 번을 반복해도 다시 사랑할 수 있는 사람이 되기를 빈다. 진심을 다해 사랑했다면, 진심을 다한 사랑을 받았다면 이별했다 하더라도 그것이 상처가 되어 남지는 않기에 우리는 다시 사랑할 수 있을 테니까.

　이 책을 읽은 모든 독자들이 비트겐슈타인처럼 죽기 전 자랑스럽게 이야기 할 수 있으면 좋겠다.

　'나는 아름다운 일생을 보냈다!'고

사랑이란 다른 사람이 원하는 걸
네가 원하는 것보다 우선순위에 놓는 거야.

_애니메이션 〈겨울왕국〉 중에서

사랑은
카메라 뒤에도
미소

연말에 친구들 사이에 폭발적인 뉴스가 번졌다.

'나 결혼해!'

P가 SNS에 소식을 올렸을 때 아마 많은 친구들이 나하고 똑같은 생각을 했으리라.

'이 자식 우릴 놀리는 거지?'

나는 청첩장을 받아 쥔 채 홀쭉한 지갑을 만지면서도 믿을 수가 없었다.

p가 어떤 위인인가. 스스로도 인간 망종 중의 망종, 싸구려 날라리라는데. 그러나 이런 말들은 온당하지 않다. 감정에 충실한 나머지 좀 쓰레기 같은 면도 있지만 그는 천성이 따뜻하고 착한 사람이니까.

P는 모든 것을 순리에 맡긴 채 적극적으로 다가가지도 않고 오는 사람을 거절하지도 않는 본능적인 인간이다. 큰 집과 부유한 재산, 훤칠한 외모에 해맑은 미소로 친절까지 베푸니 어떤 여성이 호감을 안 느끼겠는가. 게다가 늘 진심으로 대하기에 뭐라고 할 수도 없다. 내가 항상 주장하는 게 있다. 바로 세상 모든 일들은 서로 원해서 이뤄진 거라면 어떤 해명도 필요없다는 것이다.

알려지기로는 P는 세 명의 여자만 사귀었다고 하지만 실제로 얼마나 많은지는 아무도 모른다. 꽃밭에 살면서 티끌 하나 옷에 묻히지 않은 부잣집 금수저가 불시에 결혼 발표를 하니 맨 처음 드는 생각은 집에서 결혼을 강요당하나 싶은 거였다.

P의 생일날, 나는 축하 메시지를 보내고 뒤에 기타시마의 〈나의 일본 친구〉 중의 한마디를 덧붙였다.

만약 당신이 한 척의 배라고 하면 떠돌아다니는 것은 당신의 운명이니 절대 부두에 정박하지 말라.

이튿날 그가 이런 메시지를 보내왔다.

아니, 떠돌아다니는 것은 적합한 부두를 찾기 위해서다. 지금 나는 부두에 정박하고 싶다.

그때는 아무렇지 않게 생각했는데 지금 생각해 보면 그는 이미 그때 자신의 종착점을 찾은 게 아니었을까?

'됐어, 나와 상관없는 일이야, 나는 축의금만 준비하면 되는 거야.'

오늘 뜻밖에 P가 나한테 한잔하자고 했다. 술 마시는 동안 아무것도 묻지 않았지만 그는 결혼할 상대와 어떻게 알게 되었는지, 어떻게 서로 사랑을 했고 결혼까지 하게 되었는지 그 과정을 전부 털어놨다. 나는 친구들의 속사정을 들어주는 그런 팔자라는 생각이 든다.

작년에 P는 집안의 지원을 받아서 상해에서 창업을 시도했는데 결국 망했다. 그의 아버지는 바람이나 쐬고 오라고 다독였고, P는 혼자 운전해서 여행을 떠났다. 오랫동안 알고 지낸 사이라 부럽다는 생각도 질투도 나지 않았다.

여행길에서도 그는 많은 여자를 만났다. 그때까지만 해도 한 사람을 진정으로 사랑할 거라고는 상상해 본 적도 없는 바람둥이가 어린 여자 앞에서 무너질 줄은 그 누구도 몰랐다.

혼자 운전해서 칭하이성 어디쯤 도착했을 때다. 주위에는 사람 하나 보이지 않았고, 그를 맞아 준 것은 쾌청한 날씨와 활짝 핀 유채화 밭이었다. 그는 잠시 차를 세우고 아름다운 풍경을 바라보았다. 푸른 하늘과 흰 구름, 짙푸른 초목, 시라도 한 편 읊조리고 싶은 풍경이었다.

그때 멀리 떨어진 유채화 밭에서 머리 하나가 불쑥 튀어나왔다. 짐승이 나타난 줄 알고 P는 깜짝 놀랐다. 놀란 마음을 달래면서 살펴보니 말총머리를 묶은 여자의 뒷모습이었다. 조금 멀리 떨어진 탓에 얼굴은 똑똑히 볼 수 없었지만, 직감적으로 미모의 여인임을 느낄 수 있었다. P는 본능적으로 여러 가지 장면을 상상하기 시작했다. 꼭 얼굴을 봐야겠다는 일념으로 그 여자를 향해 달리면서 소리쳤다.

"아가씨, 잠깐만요. 길 좀 물을게요!"

그가 부르는 소리에 멈춰선 여자의 손에는 허름한 신발 한 짝이 쥐어져 있었다. 여자는 친절하게 웃으면서 "어디 가시는데요?" 하고 되물었다.

P는 재빨리 그녀를 훑었다. 날씬한 몸매, 길쭉한 다리, 뒷모습은 괜찮아 보였지만 앞모습은 아주 평범했다. 화장하지 않은 민낯, 눈은 크지 않았지만 빛이 났고, 코는 높지 않아도 작고 귀여웠다. 화장하면 그래도 봐줄 만할까? 근데, 가슴은 별로…….

여자애는 P의 이상한 눈빛을 느끼고 미간을 살짝 찌푸리며 다시 물었다.

"어디 가시는데요?"

"아, 그게…… 이 근처에 주유소가 어디 있는지 아세요? 차에 기름이 거의 떨어져서 말입니다."

"이런 데서 운전하면서 기름도 확인 안 하셨나 봐요? 엄청 건성건성이시네요."

여자는 한 방향을 가리키며 이십 분 정도 가면 주유소가 있다고 알려 주었다. 고맙다는 인사를 하고 나서 P는 호기심에 찬 얼굴로 물었다.

"손에 든 구멍 난 신발은 뭐예요?"

"아, 학생이 어제저녁 여기서 놀다가 잃어버린 신발입니다. 신발을 잃어버려서 오늘 신발 한 짝만 신고 학교에 와서는 계속 울어서……."

"선생님이시군요. 신발을 잃어버렸으면 한 켤레 사야지 어떻게 한 짝만 신고 나왔을까요? 그리고 이건 구멍까지 났는데?"

"훗, 당신은 우리 세상의 사람이 아니군요. 그러니 당연히 신발 한 짝을 잃어버린 애가 나머지 한 짝만 신고 학교에 오는 건 상상도 못 하겠지요. 어서 갈 길을 가시지요. 저는 다른 일이 있어서. 그럼 안녕히 가세요."

"미안합니다. 제가 말을 잘못했나 봅니다. 다른 뜻은 없었습니다."

P는 다급히 사과하고 목적지까지 데려다주고 싶다고 했다.

그녀는 천뤄이라고 불렀고 P와는 같은 저장성의 다른 도시에 살고 있었다. 현재 칭하이 대학에 다니고 있으며 졸업을 앞두고 해마다 이곳에서 교육 봉사를 하고 있다고 했다.

저장성에 그렇게 많은 대학을 안 가고 칭하이성까지 와서 대학에 다니고 또 그럴싸하게 교육 봉사까지 하다니, 봉사는 해서 뭐하나? 제 반에는 현상 체험을 한답시고, 참 할 일도 없군! 처음에 P는 이렇게 생각했고 마음속에는 비아냥이 꽉 차 있었다. 하지만 겉으로는 참 대단하네요, 참 좋은 분이시네요, 하하하 하고 칭찬을 했다.

천뤄이가 있는 학교에 도착해 보니 허름한 정도가 눈을 뜨고 볼 수 없었다. 이런 학교에서 어떻게 공부를 할 수 있을까?

마침 점심때여서 천뤄이는 P한테 같이 식사하자고 했다. P는 체험 삼아 같이 가보기로 했다. 시시한 양배추 볶음에 미역국 한 사발이 전부였다. 머리를 숙이고 맛나게 밥을 먹는 봉사 온 젊은 이들과 애들을 보면서 P의 낯빛이 시커멓게 변했다.

"아아 괜찮아요, 저는 아직 별로 밥 생각이 없네요."

P는 차에 돌아와 자기가 준비한 음식을 먹으려고 했다. 그 사이 호기심이 발동한 몇 명의 아이들이 차에 다가왔고 P의 음식을 보며 군침을 흘리고 있는 것이 보였다.

시커멓고 지저분한 낡은 옷과 발가락이 다 보이는 신발을 신고 있는 애들을 보니 음식을 먹어도 맛이 날 것 같지 않았다. 그는 차에 있는 모든 음식을 꺼내 들고 "얘들아, 가서 친구들 다 불러와, 형이 니들한테 먹을 걸 줄게."

눈 깜짝할 사이 P의 자동차를 눈이 반짝반짝 빛나는 아이들이 에워쌌다. P는 트렁크에 넣어 두었던 비상식을 전부 꺼내어 애들한테 나누어 주었다. 근데 아직 음식을 받지 못한 애들은 기대하는 눈빛으로 그를 바라보고 있었다.

"없어, 이미 받은 애들은 친구들한테 좀 나눠 줄래?"

P는 쭈그리고 앉아 담배를 피우면서 자기가 나누어 준 음식을 삼키는 애들을 보노라니 멍해졌다. 그는 어릴 적부터 부유한 집에서 부족함이 없이 자랐고 어떤 좌절도 겪은 적이 없었다. 힘들고 어렵게 사는 사람들이 많다는 것은 알고 있었지만, 직접 이런 광경을 목격하니 마음속 깊이 있던 선한 마음이 자기도 모르는 사이에 샘솟기 시작했다.

"왜 애들한테 이렇게 먹입니까?"

P는 천뤄이에게 물었다.

"우리도 매일 애들한테 맛있는 것을 배부르게 먹이고 싶어요. 하지만 많은 일들이 우리 힘으로 되는 게 아니에요. 애들이 저렇게 정신없이 음식을 먹는 모습을 보면 저희도 마음이 아프고 눈물이 나죠."

천뤄이는 머리를 숙이고 묵묵히 뒷정리를 하였다.

P의 머릿속에는 많은 의문이 들었다. 갓난아기도 한 달에 몇천 원한국 돈으로는 몇십만 원씩 소비하고 분유도 외제를 먹고 크는데, 무엇 때문에 같은 나라의 한쪽 끝에서는 애들이 밥도 배불리 먹지 못하는지.

세심하게 애들 얼굴을 닦아주고, 웃으면서 장난치다 넘어진 애들을 일으키고, 여자애들 머리채를 땋아주는 천뤄이 모습을 바라보면서 P는 마음속에서 형용할 수 없는 그 무언가가 샘솟는 느낌을 받았다. 그건 자신이 이제껏 알지 못했던 여성의 모습이었다.

"당신은 여기에 왜 교육 봉사를 온 거예요? 학교에서 장려하나요? 아니면 공무원 시험에 유리한가요?"

"왜 그렇게 부정적인 생각만 하세요? 왜 사람들이 무슨 일을 하든 다 목적이 있다고 생각을 해요? 나는 그냥 애들을 봤을 때 마음이 아프고 내가 아이들에게 뭔가를 해줘야겠다고 생각을 했고 그래서 온 거고 더 많은 생각을 하지 않았어요."

"근데 당신이 뭘 더할 수 있어요? 언젠가는 떠날 거고 그때가 되어도 이 애들한테는 여전히 아무런 변화가 없을 것입니다. 써먹지도 못할 지식을 단기간 가르친다 한들 애들 운명에 얼마나 도움이 되겠어요?"

"누구나 다 당신처럼 생각하면 이 세상에 온기라고는 없을 거예요."

천뤄이는 더 이야기하지 않고 자리를 떴다.

P는 담배를 피우면서 이상한 생각에 빠져 들었다.

'진짜 쓸데없는 짓이야. 애들한테 희망을 주는 것 같지만 나중에는 더 절망할 거라고!'

P는 문밖에서 천뤄이가 애들한테 수업하는 모습을 보고 있었다. 천뤄이는 교단에서 애들한테 생동감 넘치는 이야기와 글을 가르쳐 주고 있었다. 애들이 즐거워하면서 열심히 공부하는 모습을 보니 며칠 동안 여기에 머물고 싶어졌다.

그날 저녁 P는 인근 시장에서 고기를 잔뜩 사왔다.

"오늘 저녁에는 내가 밥을 살 테니 우리 같이 맛있는 거 먹읍시다."

일부 선생님들은 환호했지만 대다수는 그저 아무 말도 하지 않았다. 천뤄이가 다가와 고맙다는 말과 함께 이렇게 말했다.

"우린 아무거나 먹어도 되니까 이 고기 애들 먹이면 안 될까요?"

"당신이 뭐 마더 테레사라도 돼요?"

P는 입을 삐쭉거렸다.

"저는 고기를 안 좋아해요. 됐어요?"

천뤄이는 더는 그를 상대하지 않았다.

요리가 만들어지고 맛을 본 P는 이마를 찌푸리며 요리사의 음식 솜씨가 말이 아니라고 생각했다. 머리를 돌려 보는 순간 모두 맛있게 먹는 모습이 보였다. 오랜만에 고기를 먹는 애들은 호랑이가 먹잇감을 덮치듯이 진짜 맛있게 먹고 있었다.

'어, 내 입맛에 문제가 있는 건가?'

P는 자신의 미각을 의심했다.

"밤에 당신들은 어디서 잡니까? 샤워는 어디에서 하나요?"

천뤄이는 그에게 숙소와 샤워실 그리고 화장실을 알려줬다. 돌아보던 P의 얼굴은 점차 일그러졌다.

"할 말이 없네요. 진짜 당신들한테 두 손 두 발 다 들었습니다."

그 후 며칠 동안 P는 관찰관처럼 맨날 학교 주위를 맴돌았다. 수시로 시장에 가서 먹거리를 잔뜩 사다가 여러 사람한테 나누어 주었다. 사람들은 그를 마음 착한 부자로 생각하고 꽤 좋아하는 눈치였다. P가 나타날 때마다 아이들 눈은 빛이 났다. P는 계속 천뤄이 주위를 맴돌았지만 천뤄이는 P한테 별로 관심이 없었다. 그녀는 P가 높은 곳에 앉아 그저 연극을 구경하는 심리라고 생각했다. 천뤄이가 무관심할수록 P는 더욱 그녀에게 관심이 생겼고 천뤄이가 특별한 여자라는 생각을 가지게 되었다.

어느 날, 천뤄이가 학생들을 데리고 꽃밭에서 〈재스민〉이라는 노래를 가르쳐 주고 있었다.

"정신 있어요? 유채밭에서 재스민을 부르다니, 유채꽃의 느낌을 모르는군!"

P는 핸드폰을 꺼내 들고 동영상을 찍으면서 놀려댔다.

아름다운 재스민
아름다운 재스민

아름다운 향기가 가지에 듬뿍 담겨 있고

그 향기와 하얀 컬러는 모든 사람이 좋아하네

내가 너를 곱게 따서

그대에게 전하리라

흰 구름 아래 금빛 찬란한 유채꽃, 꾸밈없는 애들의 얼굴, 천뤄이의 심금을 울리는 노랫소리는 하늘에서 전해지는 소리 같았다. P는 이미 빠져들고 있었다. 자신의 마음이 지금처럼 따뜻하고 가벼운 적이 없었다는 느낌이 들었다.

"그 순간 나는 마치 하늘에서 온 천사를 본 거 같았어."

P는 한잔 들이킨 후 달콤한 미소를 띠며 내게 말했다.

"오!"

"왜? 아름답다고 생각하지 않아?"

"내가 본 적도 없는데 어떻게 알겠어? 너 동영상을 찍었다면서? 나한테 보여줘 봐!"

"그때 너무 빠져들어서 깜박하고 버튼을 안 눌렀어."

"바보 같으니라고!"

"그럼 이렇게 하자. 결혼식 날 신부에게 너희한테 불러 주라고 할게. 너희의 영혼을 깨끗이 씻어줄 거야."

"결혼식이 세례식 되는 거 아니야? 정말 중국 최고의 신부일 세!"

"아 맞다, 그녀와 약속했어. 결혼식에 들어오는 모든 축의금은 그녀가 교육 봉사 갔던 학교 애들한테 다 보내주기로 했어. 내가 돈이 부족한 것도 아니고 나도 지속적으로 그들을 도와줄 거야. 그 애들이 커서 인재가 되면 나를 도와 일을 할 수도 있고 말이야."

"감동할 뻔했는데 그 한마디에 감동이 싹 사라지는군."

그 뒷이야기는 더 말을 안 해도 뻔했다. 고백하고 거절당하고 또 고백하고 또 거절당하고 결국에는 받아들였는데 부모들이 반대하고 돌아서고, 애걸하고 설득당하고 결론적으로 모두에게는 해피엔딩인.

"한참 동안 이야기했는데 아직 어떻게 생겼는지 보여주지 않았잖아? 사진 가지고 있어?"

P는 연이어 있지, 있지 하면서 핸드폰을 꺼내 들었다. 바탕화면이 바로 그녀였다.

활짝 피어난 유채꽃 밭에서 찬란하게 웃고 있는 아주 평범해 보이는 아가씨, 짙은 화장도 하지 않았지만 맑은 기운이 얼굴을 스치는 아름다움이 있었다.

예측건대 카메라 뒤에 있는 어떤 사람의 마음에도 꽃이 피었으리라.

사랑은
수학이 아닌
화학에 가깝지

사람 감정이라는 게 쫓는 사람이나 쫓기는 사람이나 모두 쉽지 않다. 물론 서로가 좋아하는 것이 제일 바람직하지만 어디 그게 뜻대로 되는 일인가. 많은 사람이 애정 문제로 나한테 상의를 한다. 가장 많이 하는 질문이 바로 좋아하는 사람이 있는데 어떻게 하면 좋겠냐는 거다.

이런 메일을 읽고 나면 참 난감하다. 감정 문제는 수학 문제처럼 정답이 있는 것도 아니다. 오히려 두 사람 사이의 결합은 독특한 화학반응이라고 보는 게 더 맞을 거 같다. 보이는 것만으로는 분석할 수 없기에.

대시하는 방법에 대해 많은 사람에게 조언했지만 성공하는 경우는 매우 드물었고 중간에 흐지부지 그만두는 경우가 더 많왔다. 역시 이런 일을 다른 사람한테 의지한다는 것은 미덥지 못한 것이다. 내가 상대를 잘 아는 것도 아니고 딱 맞는 조언을 할 수도 없고 상황이나 실정에 맞게 대안을 세울 수 있는 게 아니다. 어떤 이에게는 적절할 법한 방법이나 말이라도 또 다른 이에겐 오히려 일을 망치거나 얄밉게 보일 수도 있다.

그래서 한 사람을 사랑할 때 가장 어려운 것은 무엇인지 생각해 보았다. 아마도 실제 이야기를 들려주는 게 가장 나을 것 같다.

스토리 1

이 이야기는 Q대학에 다니는 우군한테서 들은 이야기이다. 우군의 선배 L양은 총명한 데다가 외모도 출중하여 인기가 대단했다. L양에게는 고등학교 시절부터 오랫동안 그녀를 좋아하는 남자가 있었다. 죽자사자 따라다니던 그 남자를 K라고 부르자.

L양은 K한테 Q대학에 붙으면 받아줄 테니 열심히 공부하라고 했다. L양은 시험도 안 보고 추천을 받아 대학에 간 케이스다. K는 대입 시험도 볼 필요도 없이 Q대학에 입학한 L양을 보면서 이를 악물고 다짐했다.

그런데 명문대가 아무나 드나드는 동네 시장도 아니고 그해 수능시험 결과는 좋지 않았다. 다른 대학에 갈 수 있는 성적이라 부모님들은 K가 수능을 다시 보는 데 대해 동의하지 않았다. 솔직히 K의 실력은 그 정도라고 생각했기 때문이다. 하지만 K는 끝까지 재수를 고집했다. 재수하면서도 일주일에 한 번씩 연락하는 K를 보고 L양도 감동했고 일 년을 더 기다려 주겠노라 약속했다. 열심히 공부하여 기적을 이루어 내길 바란다는 격려까지 아끼지 않았다.

사랑하는 여자의 격려를 받은 K는 투지를 불태우며 더욱더 열심히 공부했다. 밤마다 이불 안에서까지 문제를 푸는 모습에 선생님들도 감동했다. K가 노력하는 이유가 무엇이건 간에 진심으로 잘되길 바랐다.

하지만 세상일이 뜻대로 되는 것은 아니었다. 이듬해 수능에서도 비슷한 결과가 나왔다.

성적이 발표되는 날 K는 L양의 전화를 받지 않았다. 홀로 Q대학 입구에서 목 놓아 울었다. 울고 나서 또다시 재수를 결정했다. 기필코 Q대학에 붙을 거라고 결심했다. K의 이런 결정에 부모님과 선생님들은 사태의 심각함을 느꼈고 인생에 한 갈래 길만 있는 것이 아니라 다른 대학에 가도 잘될 수 있다고 설득했지만 소용없었다. K는 누구의 충고도 듣지 않았고 마치 중독된 사람처럼 오로지 Q대학에 입학하는 것만이 유일한 해법인 양 생각했다.

L양도 더 보고 있을 수 없었다. 앞길이 구만리인데 자기 자신을 지나치게 혹사하지 말라고 충고도 했다. 우리한테 또 다른 기

회가 있을 수도 있는데 마냥 고집하면 서로 너무 힘들다고.

당시 L양은 많은 구애를 받고 있었고 마음도 흔들리고 있었다. 명문대학이라 다른 훌륭한 남자를 만날 기회가 많았지만 다른 사람하고 사귀지 않은 것은 자신만 바라보는 K에 대한 측은한 마음 때문이었다. 그에게 마음에 상처 주는 일을 해서는 안 된다고 생각했던 것이다.

하지만 K는 막다른 골목에 서 있는 심정이었다. 지금 자기 앞을 가로막은 벽을 무너뜨리지 못하면 영원히 L양과 함께할 수 없다고 확신했다. 결국 그는 삼수를 택했다. 삼수에서는 전에 없는 힘을 다해 결사의 각오로 임했다. 만약 이번에도 성공하지 못하면 사수 오수라도 할 것 같은 태세였다.

다행히 이번에는 성공했다. 부모님과 주위 사람들은 마치 로또에 당첨된 것처럼 기뻐했고 숨통이 트이는 것 같았다.

그런데…….

L양은 학교의 추천을 받아 외국으로 유학을 준비하고 있었다. 기쁜 소식을 L양한테 제일 먼저 알리려고 한 K는 청천벽력 같은 소식에 그 자리에 주저앉고 말았다. L양은 미안한 마음으로 "미안해, 그만 포기해 줘, 세상에 좋은 여자들은 많아."라고 했지만 모든 의욕을 상실한 K는 목 놓아 울면서 말했다.

"넌 너무 빨라. 난 영원히 쫓아갈 수 없어."

쫓는다는 것은 당연히 하나는 앞에 하나는 뒤에 있기 마련이다. 한 사람을 쫓는다는 것이 힘들고 불가능한 가장 간단한 이유는 그가 너무 빨리 달리기에 아무리 쫓아도 잡을 수 없어서다.

이 이야기는 사랑의 뒤에 서 있는 자의 어려움을 잘 보여 준다. 상대방의 진도가 너무 빠르다든가 워낙 훌륭하다든가 해서 두 사람 사이에 커다란 간극이 존재한다. 그리고 그 간극은 점점 더 커진다. 뒤에 서 있는 사람은 그냥 바라볼 수밖에 없게 된다.

잡을 수 없는 빛은 이 세상에 존재하는 또 하나의 비극이다. 멀리서 볼 수는 있지만 잡을 수는 없다. 우리가 아무리 노력을 한다고 해도 자신이 사랑하는 사람의 마음속에 깊은 흔적을 남길 수 없다고 하면 그건 상대방의 잘못도 자신의 잘못도 아니다. 노력하지 않아서가 아니라 상대방이 너무 빠르고 높게 날기 때문이다.

스토리 2

소우 양은 사랑하지 않는 훌륭한 남자가 5년이나 쫓아다닌다고 자신의 고민을 털어놓았다. 이 말을 들었을 때 처음 든 생각은 '뭐야? 자기 자랑하는 거야?'였다. 그런데 이야기를 듣다 보니 그녀의 고민을 이해할 수 있었다.

그 남자는 모든 면에서 뛰어난 사람이었다. 그리고 처음부터 결혼을 전제로 진지하게 소우 양한테 사귀자고 했다. 처음엔 소우 양도 감동했다. 조건으로 볼 때 모든 면에서 괜찮은 사람이니

사귈 마음이 들었다. 그러나 시간이 흐를수록 소우 양은 그에게서 설렘을 느낄 수 없었다. 그의 취미와 기호, 사물에 대한 관점이나 생각이 자신과 달라도 너무 다르다는 것을 느꼈고 매번 만남은 침묵으로 끝났다.

소우 양은 그 남자에게 자신의 감정을 솔직하게 말한 뒤 피하기 시작했다. 그러나 남자는 모든 정성을 다해 소우 양의 마음을 돌리려고 했다. 그렇게 흘러간 시간이 5년이나 되었다.

남자는 소우 양을 감동시키지는 못했지만, 그녀 주위의 모든 사람을 감동시킨 모양이다. 주위 사람들은 그 남자를 받아주라고 거듭 충고했다.

"그렇게 좋은 남자 어디 가서 찾아? 소중하게 생각해. 너도 참 바보 같아!"

모두 그렇게 말했다.

소우 양은 참 어이가 없다고 생각했다.

"사랑은 감동이 아니잖아요. 사랑이 그렇게 힘들면 어떡해요? 쫓고 쫓기는 것은 사냥이지, 내가 무슨 사냥감도 아니고 말이에요."

사람들은 한결같은 사랑을 우수한 품성이라고 생각한다. 그러나 상대방의 감정이나 생각은 아랑곳하지 않고 무작정 잡고 늘어지는 것은 일방적임을 시인할 뿐이다. 이 이야기를 들으면서 드라마 〈애정매매愛情买卖〉가 머리에 떠올랐다. 요즘은 많은 젊은이들이 사랑을 시장에서 물건 고르듯 생각한다. 상대방 조건이 좋고 자신한테 잘하면 그냥 결혼하려고 한다.

물질적 토대가 상부구조를 결정한다는 것은 나름 이치에 맞는 말이다. 그런데도 그 남자가 소우 양을 얻지 못하고 오히려 피해 다니게 만든 이유는 뭘까? 그 남자가 소홀히 한 것은 바로 사랑에 있어서 가장 중요한 토대인 정서적 소통이다. 소통, 보기에는 아주 간단해 보이지만 그렇지 않다. 서로 간의 이해, 너그러운 배려, 비슷한 취향, 서로 맞는 생각 등 내면의 깊은 잠재된 의식을 토대로 하여 이루어지는 것이다.

이러한 것이 없다면 상대방의 마음속에 들어갈 수 없다. 설령 사람을 얻었다고 해도 마음은 얻을 수 없을 것이다. 그럼 재미가 없지 않겠는가?

스토리 3

J는 나의 대학 동창이다. 아주 똑똑한 녀석인데 인터넷 게임에 푹 빠져 있다. 졸업하고 직장도 여러 번 바꾸다 보니 앞길이 막막해지고 점점 더 인터넷 게임에 빠져들었다. 악순환의 연속이었다.

최근에는 8년간 사귄 여자친구가 이별 통보를 해왔다. J와 같이 있으면 미래가 보이지 않는다는 것이다. 그는 어떻게 하면 그녀의 마음을 돌릴 수 있을지 물었다.

평평 울면서 하소연하는 것을 들어주노라니 나도 모르게 욕이 튀어나왔다.

"자기 생각만 하지 말고, 네가 네 여친이라면 어떻게 생각할 거 같니? 좋은 배경이 있는 것도 아니고 고생도 싫고 맨날 게임에만 빠져 있는 너 자신을 보라고. 그녀는 당연히 미래가 보이지 않겠지. 너는 남자니깐 몇 년 더 빈둥거려도 괜찮다고 생각하겠지만 상대는 너한테 질질 끌려다닐 수 없잖아. 만약 책임감 있고 모든 것을 감당할 남자가 될 수 없다면 무슨 방법으로 그녀의 마음을 돌리겠어? 뭐 때문에 그 여자가 막막하고 찌든 인생을 너랑 같이 견뎌야 하는데?"

그는 내 말에 수긍하는 눈치였다. 열심히 직장도 구하고 인터넷 게임도 더는 안 할 거라고 했다. 그녀한테 분발하고 노력하는 모습을 보여줘서 마음을 돌리겠다고 했다. 나는 기쁜 마음으로 친구가 좋아지길 기원했다. 새로운 모습으로 사랑하는 여자의 마음을 돌리길 바랐다.

그런데 바로 어제 새해 첫날, 그가 올린 위챗 모멘트를 보게 되었다.

"새해를 맞으면서 나는 외롭게 인터넷 게임을 하고 있다. 참으로 슬프다."

더 이야기하고 싶지 않았다.

나는 스무 살이 넘도록 아무것도 가진 게 없는 남자들이 여자

꽁무니만 쫓아다니는 것에 대해 반감을 느낀다. 어떻게 하면 안정되게 안착해서 잘 살아갈지, 능력과 지식을 축적하여 미래를 위한 준비를 할지 심사숙고하지 않는다. 인생에서 운명을 변화시킬 수 있는 가장 좋은 시절을 허비하면서 말이다. 설령 자신이 좋아하는 여자를 만난다고 해도 나중에는 생계를 책임질 수 없어 결국 놓치고 말 것이다.

진지한 남자가 제일 멋있는 법이다. 여자는 안정감을 중요시한다. 일말의 성취욕도 없고 놀기만 하는 남자한테 누가 자신의 인생을 걸겠는가? 어떻게 상대를 행복하게 만들 수 있겠는가?

최악은 연애만 즐거워하고 자신이 상대방에게 어떠한 삶과 미래를 줄 수 있는지를 전혀 생각하지 않는 것이다. 한 사람을 진심으로 사랑한다면 자신과 상대가 점점 더 발전할 수 있도록 노력해야 한다. 상대방과 같이 추락하고 싶은 여자는 없을 것이다. 최고의 낭만은 서로의 행복한 미래를 위해 함께 손잡고 앞으로 나아가는 것이다.

남자와 여자는
손과 손을 잡고서야만 천국에 들어갈 수 있다.
신화가 우리에게 말하듯.
함께 천국을 떠났으니까 함께 그곳으로 돌아가야만 한다.

_리처드 가네트

슬픔이 왔을 때
절대
참지 말라

　내 친구 토토로는 피부가 하얗고 뚱뚱하다. 동그란 뿔테 안경을 걸고 다니며 웃을 때 작은 눈은 보이지 않고 하얀 이만 드러나는데 멍청해 보이기도 한다. 둥글둥글하고 포동포동하여 그를 볼 때마다 뭔가 먹여주고 싶은 충동이 생긴다.

　누구나 친구 중에 뚱보라고 불리는 사람이 꼭 있다. 토토로도 오랫동안 뚱보로 불리어왔다. 때론 그의 본명이 뭐였는지 생각나지 않을 정도다. 언젠가 길에서 그의 어머니를 만나게 되었는데 하마터면 "뚱보 어머니, 안녕하세요!"라고 인사할 뻔한 적도 있다.

　비가 내리는 어느 날, 뚱보는 앞장서서 달려가 버스를 막고 하얀 이를 드러내며 "얘들아, 빨리 차에 타!" 하고 소리 질렀다.

친구 중의 한 명이 불현듯 "얘들아 쟤 토토로하고 토토로버스하고 똑같지 않니?"라고 말했다. 그때부터 뚱보에게는 토토로라는 새로운 이름이 생겼다.

친구들은 뚱보가 항상 웃기기를 기대한다. 모두 그를 미륵보살이라고 생각하고 있을지도 모른다. 토토로도 항상 친구들의 기대에 부응하듯 웃기는 역할을 맡았다. 모임이 있을 때마다 토토로가 참석한다고 하면 많은 사람이 즐거운 마음으로 자리에 나오곤 했다. 그가 있는 자리는 항상 떠들썩했고 즐거웠다. 그는 항상 웃은 모습으로 괜찮아 괜찮아, 너희들이 결정해, 나는 만사다 오케이야, 라고 말한다.

토토로는 지금까지 한 번도 연애를 해본 적이 없다. 여자들을 쫓아다녔지만 결국에는 아무 소득이 없었다. 우리가 놀리면 그는 "야야, 그래서 말인데 뚱보는 사랑의 절연체야!" 하고 스스로 자신을 비웃곤 했다.

"그건 아니지, 고효송^{중국 유명 작곡가} 봐봐, 예쁜 마누라 얻었잖아." 나는 그의 말을 반박했다.

토토로는 머리를 긁적이며 어떻게 그런 사람하고 비교할 수 있겠냐고 한다. "그 사람은 능력 있는 사람이잖아."라고 할 줄 알았는데 그의 대답은 의외였다. "내 피부가 너무 좋아서 여자들이 스트레스를 받아!" 역시 토토로다.

연말에 토토로의 직장상사가 복스러운 외모로 항상 주위 사람들을 즐겁게 하는 그에게 여자친구를 소개해 주겠다고 했다. 토토로는 내키지 않았지만, 상사 얼굴을 봐서 흔쾌히 그러겠다고 대답했다.

간단한 전화 통화로 주말에 커피숍에서 만나기로 약속했다. 그날, 토토로는 일찌감치 도착해 여자를 기다렸다. 자신이 총알받이라는 것을 알지만 저도 모르게 긴장감을 감출 수 없었다. 빨간색 코트가 그의 앞으로 다가왔다. 그리고 여자의 목소리가 들려왔다.

"곽 선생님 맞나요?"

토토로는 끄덕이며 머리를 들었다. 순간 세상의 모든 소리가 귀에 들려오지 않았다. 세상이 다 조용해지고 들려오는 것은 고동치는 자신의 심장 소리뿐이었다.

나중에 나보고 말하기를 자신이 뚱보여서 감추기 쉬웠으니 망정이지 너 샤오옌징처럼 빼빼 말랐으면 심장이 밖으로 튀어나와 지나가는 고양이가 물어갔을 것이라고 했다. 나는 네가 꼬리 없는 고양이었으니 망정이지 아니면 헬기처럼 꼬리를 흔들어 대면서 날아갔을 것이라고 맞받아쳤다.

토토로는 일어서면서 말을 하려고 했지만, 자신이 이까지 덜덜 떨고 있음을 느꼈다. 심호흡을 하고 나서 겨우 한마디했다.

"저……, 저를 어떻게 아세요?"

"화내지 마세요. 저희 외삼촌이 커피숍에서 판다 같은 사람이 있다면 틀림없다고 했어요. 호호호."

"아닙니다. 아닙니다. 워낙 비슷하니까요."

판다…… 토토로는 바보처럼 머리를 만지며 생각했다.

'국보잖아. 그래도 엄청 귀엽게 들리네.'

여자는 소월이라고 불렸다. 소월은 콕 집어서 어디가 예쁘다고 말할 수 없지만 편하고 수더분한 인상의 여자였다. 가벼운 미소와 온화한 성품, 토토로는 순식간에 그녀한테 끌렸다. 그는 오늘 자신이 꾸미지 않고 나온 것을 무척 후회했다.

소월은 토토로보다 두 살 어렸다. 대학을 졸업한 지는 반년이 되고 현재 기관지 신문기자로 일하고 있었다. 자연스러워 보이는 옅은 화장에 어깨까지 오는 웨이브 머리는 실제 나이보다 성숙해 보였다.

토토로는 자신이 자신감 있고 재밌는 사람이라는 것을 보여 주려고 갖은 애를 다 썼다. 뇌세포는 한시도 쉬지 않고 화제를 만들어냈고 그녀도 항상 미소를 지으면서 그의 이야기를 들어주었다.

"당신은 참 재밌는 사람이네요."

그 말을 듣는 순간 토토로는 전신의 모공이 다 열리는 것 같았다. 그는 만담을 하듯이 우릴 팔아먹으면서 주위 친구들의 일까지 시시콜콜 다 이야기했다.

"전 학교 다닐 때 지리를 잘 못 했어요. 친구 A한테 태국에는 어디가 좋아? 하고 물었더니 친구가 푸지도푸껫이라고 하더군요. 이 자식 봐라, 모르면 모른다고 하지 귀여운 척하기는 흥!"

별로 우스운 이야기는 아니었지만, 토토로의 표정이 너무나 우스꽝스러워 여자는 웃음을 터뜨렸다. 그때 마침 커피를 마시려고 잔을 들었는데 웃느라고 커피잔을 떨어트렸고 그 바람에 두 동강이 났다. 소월은 귀까지 빨개지면서 어쩔 바를 몰랐고 손으로 얼굴을 감싸 쥐었다. 소리를 들은 종업원이 달려왔고 토토로는 생각할 겨를도 없이 자신의 앞에 있던 커피잔을 그녀 앞에 가져다 놓았다. 그리고 다가온 종업원한테 "아이고 제가 너무 뚱뚱하다 보니 조심하지 않아서 커피잔이 떨어졌네요. 정말 죄송합니다. 얼마죠? 제가 배상해드리겠습니다." 하며 사과했다.

종업원은 토토로와 소월을 번갈아 보면서 복잡한 표정을 지었다. 그 눈빛은 마치 '이렇게 괜찮은 여자가 어쩌다가 저런 뚱보와 데이트를 하지?'라고 말하는 것 같았다.

종업원이 자리를 뜨자 소월은 미안한 마음에 "왜 당신이 그런 거라고 하셨어요?"라고 물었다.

토토로는 하얀 이를 드러내며 "저 거짓말 한 거 아닌데요? 제가 당신을 웃게 하지 않았나요. 그러니 제가 장본인이죠." 하고 답했다.

소월은 한참이나 토토로를 응시하다 갑자기 환한 미소를 지었다. 그날부터 두 사람은 데이트를 하기 시작했고 한 달 뒤 정

식으로 교제하기로 하였다. 토토로는 자신한테 찾아온 행운을
믿을 수가 없었다.

"내 얼굴 꼬집지 마, 꿈에서 깨기 싫어!"

소개팅을 주선해 준 직장상사도 뜻밖이라고 했다. 그냥 한번
해준 건데 진짜로 성사될 줄은 몰랐던 것이었다. 연애하면서부
터 활력과 열정이 넘치는 토토로를 보면서 뭔가 말하려다 그냥
덮고 말았다.

"샤오옌징 샤오옌징, 이전에 나는 사랑이 이렇게 아름다운 줄
몰랐어. 눈을 감으면 모든 것이 상상할 수 없을 만큼 아름다워.
그녀를 생각하면 저절로 미소가 떠올라. 그녀의 문자를 받으면
나중에 비석에 새겨놓고 싶을 정도야. 매일 아침 일어나면 산 위
에 올라가 소리 지르고 싶어. 살아 있다는 게 참 좋아. 사랑은 참
좋은 거야. 너 이런 감정 알아? 넌 알 수 있어? 알 수 있냐고!"

"내가 알긴 뭘 알아. 나 지금 밥 먹고 있는데 네 말을 들으니
토할 거 같아!"

이렇게 그의 겨울은 지나가고 따뜻한 봄이 찾아왔다.

그 뒤로는 친구들과의 약속에서 토토로를 거의 볼 수가 없었
다. 같이 있어도 바보처럼 핸드폰만 들여다보며 히죽히죽 웃기
만 했다. 어떨 때는 한창 이야기하고 있다가도 전화 한 통에 바
람처럼 사라져 버리곤 했다. 사랑의 힘은 참 대단했다. 거대한
고양이 한 마리가 강아지로 변한 것 같았으니.

토토로는 아침에 일어나 조깅을 하고 퇴근하면 헬스장에 달려갔으며, 음식을 조절하면서 다이어트에 돌입했다. 재밌는 이야깃거리를 수집하고 소월이 좋아하는 작가들이 쓴 책을 읽고 소월이 본 영화를 보고 소월이 듣는 음악을 들었다. 토토로의 변화를 보면서 친구들은 진심으로 축복했다. 사랑은 진짜로 사람을 환골탈태시킬 수 있다고 생각했다.

이후 나는 이사를 했고 직장을 옮겼다. 서로 바빠서 얼마간 연락을 못 하고 지내다가 지난달에 토토로가 단체 채팅방에서 한번 모이자고 공지를 냈다. 좋은 일이 있는 모양이구나, 하고 문자를 보냈는데 답장은 오지 않았다.

토토로를 다시 만났을 때 그를 알아볼 수가 없었다. 얼굴만 조금 통통할 뿐 몸은 완전히 말라서 한 줄기 빛 같았다. 정말로 한 줄기 빛 같았다. 예전에는 그가 멀리서 걸어오면 그림자가 우리를 다 덮을 것 같은 느낌이었는데 지금 멀리서 걸어오는 그는 한 줄기 갈대 같았다.

예전에 친구들이 만나면 가장 먼저 하는 일이 그의 배를 만지면서 "아직도 출산 안 했어?"라고 묻는 거였는데 이번에는 잘 다져진 복근을 보여줘서 그 자리에 있는 친구들을 또 한번 놀라게 했다. 토토로가 닌자로 변신하다니! 믿을 수 없었다. 우리는 일식 사케집에 모여앉아 떠들썩하게 술을 마시기 시작하였다. 화제는 당연히 토토로의 연애사를 피해갈 수 없었다.

토토로는 술 한 잔 하더니만 하얀 이를 드러내며 머리를 긁적였다.

"음…… 한 달 전에 헤어졌어. 나는 역시 연애는 젬병인가 봐."

깜짝 놀란 우리는 모두 동작을 멈추고 토토로를 바라보았다.

"무슨 일이 있었던 거야?"

나는 조심스럽게 물어보았다.

"하하, 사실은 내 상사인 그녀의 외삼촌이 내 이야기를 그녀한테 많이 했었나 봐. 호기심이 발동한 그녀가 나를 한번 만나봤으면 했대. 그러니 이번 소개팅의 시작은 그냥 장난이었지. 커피잔 사건에서 의외로 그녀는 내가 괜찮은 사람이라는 생각이 들어서 한동안 사귄 거지. 그날 내가 난처한 상황을 모면하게 해주는 바람에 순간 나의 자상함에 반했대. 하지만 사랑은 내가 처음 해보는 거잖아? 어떻게 하면 그녀와 가까워지는지 모르겠더라고. 그녀와 같이 있어도 강을 사이에 두고 바라보는 것 같았고, 그녀가 웃어도 화를 내도 안개 속에 싸여있는 것처럼 현실적이지 않았어. 마치 바라볼 수는 있지만 다가가진 못하는 목적지 같았다고 할까? 아무리 보고 있어도 속마음을 짐작할 수 없고 쫓아가도 따라잡을 수 없는 느낌. 다람쥐가 쉬지 않고 쳇바퀴를 돌리는 거 같았어. 그러다가 힘들어서 그냥 주저앉았지. 하하하……."

단숨에 이야기를 끝낸 토토로는 손에 쥐고 있던 생맥주를 원 샷하고는 "어 좋아, 저기요 여기 한 잔 더 주세요!"라고 소리쳤 다.

토토로가 술을 잘 못 하는 것을 알고 있던 우리는 뭔가 말해 주고 싶었지만 적당한 말을 찾을 수가 없었다. 모두 나를 쳐다보 았다.

나는 토토로의 어깨를 두드리며 위로했다.

"부처님이 말씀하셨지. 어떤 사람들은 인생에서 그냥 스쳐 지 나가는 인연도 있다고."

내 말이 끝나기도 전에 토토로는 웃으면서 위로를 반사시켰다.

"나도 알아. 괜찮아. 부처님까지 모셔 와서 위로하지 않아도 돼."

"진짜 괜찮아?"

"괜찮아, 괜찮아. 나 그렇게 나약하지 않아. 실연도 한 남자의 성장에 있어 반드시 거쳐야 하는 과정이잖아. 그래도 그녀가 나 를 좋아했잖아. 그것만으로도 나는 더없는 영광이라고 생각해. 잃어버린 것이야말로 인생이라잖아. 누가 말했는지 진리야!"

"자, 모두 즐겁게 우리 한잔하자!"

누구도 잔을 들지 않았다. 우리는 모두 토토로가 즐겁지 않음 을 보았다. 뒤이어 술을 마시면서 내가 무심하게 말했다.

"요즘 아주 마음에 드는 말을 발견했어. '나의 인생에서 가장 큰 행운이 두 가지 있다면 하나는 너를 사랑하는데 시간을 보낸 것과 다른 하나는 아주 오래전에 너를 만났다는 것' 토토로, 마음에 들어오는 한 사람을 만났다는 것 자체가 행운이라고 생각해. 만약 괴롭다면 그것은 상대방의 잘못이 아니야. 어둠에 익숙한 사람이 가까스로 한 줄기의 빛을 보았는데 또다시 어둠 속으로 돌아간다는 것이 두려운 거지. 토토로. 네가 본 그 한 줄기 빛은 사랑이 맞아. 네 인생에 처음으로 사랑의 감정을 느끼게 해준 그 사람한테 고마워하면 돼. 그녀는 너에게 사랑이 얼마나 아름다운 것인지 알게 해줬잖아."

"샤오옌징, 이 나쁜 자식. 꼭 나를 울려야 속이 시원하냐?"

토토로는 하얀 이를 드러내며 바보처럼 웃었다. 그러나 웃음 소리 속에서 끝내 그의 눈물이 주르륵 흘러내렸다.

슬픔이 찾아왔을 때 절대 참지 말라.

울고 나면 좋아진다.

얼마나
따뜻한
사랑이었는지

　한 통의 메일을 받았다. 그녀는 첫사랑 남자와 지금 결혼을 준비 중이라고 한다. 남자 친구는 아주 진지하고 그녀한테 잘해주지만, 그녀는 망설이기 시작했다. 이제 더 좋은 남자들이 보인다는 것이다. 남자 친구는 자기한테 잘해주는 것을 제외하면 평범하기 짝이 없다고 했다. 가장 좋은 시절을 그에게 다 주었고 앞으로도 평생 한 사람만 사랑해야 한다고 생각하니 좀 아쉬운 느낌이 들고 이러한 생각을 가지고 있는 자신에게 비열함과 창피함을 느낀다고 했다.

　메일 끝에 그녀는 이렇게 물었다.

　"샤오옌징, 정말로 평생 한 사람만 사랑할 수 있을까요?"

　나의 대답은 아주 간단했다.

"나는 한 사람이 일생 한 사람만 사랑하는 것이 아쉬운 일이라고 생각하지 않아요. 그리고 한 사람이 일생 여러 사람을 사랑했다고 해서 부끄러운 일이라고 생각하지도 않아요. 사랑했던 사람이 많고 적음이 대수인가요? 사랑했던 사람을 얼마나 행복하고 즐겁게 해줬는지가 제일 소중한 거지요. 나는 사랑이란 다가서고 싶어 하면서도 머뭇거리는 거라고 생각해요. 머뭇거리다 또 뜨거운 마음을 감출 수 없어 자신도 모르게 열정을 드러내지요. 한 사람의 사랑에 대한 판단은 이 세상에서 단 하나뿐인 따뜻함을 느끼는 것이지 그 사람이 얼마나 훌륭한지 그 사람이 얼마나 많은 사람을 사랑했는지를 따지는 것이 아니에요."

나의 친구 쏭이 들려준 그의 부모님 이야기가 생각났다.

쏭이 나한테 이 이야기를 들려줄 때 카페 안은 좀 시끄러웠고 나도 정신을 딴 데 팔고 있었다. 건너편에 예쁜 여자 세 명이 수다를 떨고 있었다. 여자들은 한결같이 자기 남친이 자상하지 않다고, 따뜻하지 않다고 흉을 보고 있었다. 모두 이맛살을 찌푸리고 있었지만 즐거워하는 분위기였다. 마치 부모들이 모여 앉아 자기 자식을 나무라는 것처럼 말이다. 사랑하기에 잡는 트집이었다. 웃으면서 이야기하는 그녀들의 목소리가 들려왔다.

"이 세상에 따뜻한 남자는 다 죽었나 봐."

맞다, 지금 내가 하려는 이야기가 바로 그 따뜻함에 관한 이야기다.

쏭의 부친은 이전에 동네에서 지하도박장을 열고 있었다. 쏭의 삼촌은 민간대출을 하는 사람인데 까놓고 보면 사채업자다. 겉으로는 모두 멀쩡한 직업이 있는데 구체적으로 이야기하기는 좀 어렵다.

가히 짐작할 수 있겠지만 쏭이 어떠한 환경에서 자랐는지는 알 수 있을 것이다. 홍콩영화에 나오는 그런 조직처럼 대단하지는 않지만 어른들이 술 마시고 담배 피우고 욕을 하는 것을 대수롭지 않게 듣고 자랐다. 겉으로 볼 때 쏭의 부친은 따뜻함과 거리가 멀어 보였다.

그래도 쏭에게 부친과 삼촌은 그렇게 무서운 사람들이 아니었다. 쏭의 말에 의하면 그들은 그렇게 도리에 어긋나는 일은 하지 않았다고 한다. 쏭도 어릴 적부터 엄마의 성격을 많이 닮아 조용하고 내성적이며 독서를 좋아하고 강아지와 고양이를 돌보며 꽃을 좋아했다고 한다.

아빠 때문에 친구 부모들은 쏭과 같이 노는 것을 꺼렸다. 그리하여 쏭은 본의 아니게 왕따였다. 하지만 그러한 환경 속에서도 쏭은 결코 나쁜 길을 걷지 않았다. 그녀에게는 우아한 좋은 엄마가 있었기 때문이다.

쏭의 어머니는 젊은 시절 월극中국 저장성 지방의 민속극 연기자였다. 쏭은 자기 엄마가 친구 엄마들 가운데 제일 젊고 예쁘고 끼가 있는 엄마라고 늘 자랑하고 다녔다. 시골 마을에 사는 중년 여인 같지 않고 세련된 도시 여성 같았다는 것이다. 쏭의 어머니는 항상 다른 사람들을 기품 있고 따뜻하게 대했다. 외출하는 것을 좋아하지 않고 집에서 꽃을 가꾸고 책을 보고 자수를 놓으며, 기분이 좋을 때는 월극에 나오는 명곡들을 부르기도 했다. 노란 고양이 한 마리와 하얀 강아지 한 마리를 키웠는데 모두 순해서 아주 조용했다. 그들의 일상은 평범하고 한가로웠다.

쏭의 부친은 젊은 시절 엄청 가난했다고 한다. 머리는 총명했지만, 집안 사정이 좋지 않아 배운 것도 없고 기술도 없어 쏭의 외할아버지는 항상 사위를 무시했다. 자신의 딸과 격이 맞지 않는다고 생각했다. 하지만 엄마는 쏭한테 아빠 외에 다른 남자와의 결혼은 생각조차 해본 적이 없다고 했다. 쏭의 부친이 자기를 보는 눈길이 얼마나 따뜻한지 녹아버릴 것 같았다고도 했다.

그 뒤 쏭의 부친은 편법을 이용하여 돈을 많이 벌었다고 한다. 그때까지는 도박장을 열지 않았다. 그리고 사흘이 멀다 하고 선물을 사 들고 쏭의 외갓집에 드나들었다. 외할아버지도 어떻게 해야 할지 고민했다. 딸을 시집보내자니 자신이 돈만 따지는 사람처럼 보이는 것 같았고 안 보내려니 딸이 이미 사랑에 푹 빠져 있어 그것도 안 되는 일이었다.

결국에는 엄마가 나서서 아빠에게 따졌다.

"당신, 돼지 사러 왔어요? 내가 언제 당신한테 시집간다고 했어요?"

화내는 엄마를 보고 부친은 어쩔 줄 몰라 했다.

"이럼 안 되지. 약속해 놓고 후회를 하면 어떡해?"

그 모습을 본 엄마는 웃음을 터뜨렸다.

"약속은 무슨 약속. 나는 다정다감하지도 않고 힘든 것을 견디지도 못해. 만약 나한테 화내고 큰소리치면 당장 당신 곁을 떠날 거야!"

아빠는 그 자리에서 엄마를 부둥켜안고 큰소리로 외쳤다.

"걱정하지 마. 지금부터 다정다감은 내 몫이고 화내는 건 당신 몫이야. 우리 결혼해서 행복하게 살자!"

그렇게 두 사람은 결혼했다.

쏭의 삼촌은 항상 비아냥거렸다.

"네 아빠랑 엄마는 우리 시대의 부부가 아니야. 모르는 사람은 드라마 찍는 줄 알 걸? 남자 체면 다 깎았어."

사실이 그랬다. 어릴 때부터 아빠가 엄마에 대해 쏟는 다정다감은 쏭이 쭉 보아왔던 거였다. 항상 작은 작고 낮은 목소리로 속삭였고 고분고분했다. 엄마를 놀래줬다가는 정말 뒤도 돌아보지 않고 떠나버릴 것 같았나 보다. 지금 생각해 보면 아빠는 엄마를 딸처럼 아끼고 사랑했다. 그녀가 조금이라도 상처를 받을까 봐 두려워했다. 엄마도 아빠 앞에서만큼은 평소와 달랐다. 때론 거만하고 때론 제멋대로였으니 말이다. 아빠가 늦게 들어

오면 일부러 문을 잠그고 월극을 부르며 놀렸다.

　당신은 하늘에 달과 같고 나는 별과 같네,
　달이 밝으면 별도 밝고 달이 어두우면 별도 어둡다네.

얼마나 불렀는지 쏭도 따라 부를 수 있었다.

식사할 때 아빠가 지나가는 말로 반찬이 짜다고 하면 엄마는 인상을 쓰면서 반찬을 치우고서는 아빠가 먹지 못하게 했다.

"양심 없는 사람, 밖에 나가서 먹어. 얼마나 맛있겠어!"

아빠는 그때마다 잘못을 저지른 애처럼 머리를 긁적였다.

"어떻게 비교가 돼. 절대 비교할 수 없지."

사실 쏭의 기억 속에 아빠는 아무리 늦어도 거의 집에 와서 식사했다. 나중에 안 일이지만 아빠가 엄마를 건드려서 화를 내게 한 것은 일부러 그런 거였다. 엄마가 화내는 모습을 보는 것이 아빠의 못된 취미였다. 화내는 엄마 뒤에서 몰래 웃는 모습을 보노라면 그가 얼마나 좋아하는지 알 수 있었다. 같이 식사할 때마다 아빠가 엄마를 바라보는 눈빛을 보면서 쏭은 이런 눈빛을 가지고 있는 아빠가 밖에서 다른 사람들한테 사납고 거칠게 한다는 것을 믿을 수 없었다.

어느 주말 저녁, 공을 차고 집으로 돌아가는 길에 쏭은 두 사람이 공원에서 산책하고 있는 모습을 보았다. 조금 앞에 선 엄마가 뒤돌아보며 뭔가를 이야기하고 있는 것 같았다. 아빠는 머리를 끄덕이는 동시에 시선은 엄마의 왼손을 향해 있었다. 그의 오른손이 엄마의 왼손을 잡으려고 할 때 엄마가 머리를 돌리자 아빠는 다급히 손을 호주머니에 넣었다. 쏭은 그 모습을 회상할 때마다 한없이 아빠가 답답했다.

부모님의 사랑에 있어서 쏭은 VIP 관객이었다. 가장 가까운 거리에서 아빠의 따뜻함과 엄마의 행복을 느낄 수 있었다. 모든 것이 아주 아름답고 생활도 순리대로 행복하게 흘러가고 있었다. 그런데 어느 순간 이 부부는 운명이라는 잔인한 현실에 맞닥뜨리게 되었다.

쏭이 대학에 입학한 그해 엄마는 말기 암 진단을 받았다. 아빠는 미치광이처럼 의사선생님에게 애걸복걸했다.

"돈이 얼마가 들어도 괜찮아요. 제 마누라 죽으면 안 됩니다. 돈이 얼마나 들어도 좋아요. 제 마누라한테 무슨 일이 있으면 안 됩니다! 제가 빌게요! 의사선생님, 제가 이렇게 빌게요!"

쏭은 아빠가 다른 사람에게 허리를 굽히는 것을 처음 보았다. 그것도 그렇게 많은 사람 앞에서 애처럼 울면서 말이다. 그 뒤로 부친은 아무 일도 하지 않고 방방곡곡 명의를 찾아다녔다. 수입약, 조혈모세포 이식을 포함해서 조금이라도 효과가 있다고 하는 것은 모조리 해보려고 했다. 병원도 여러 차례 바꿨고 각종 치료도 다 시도했지만, 별반 효과가 없었다. 몇 달 동안 쏭은 부친이 식사하는 모습을 별로 보지 못했다. 그는 눈에 띄게 야위어 갔다.

엄마는 그동안 별로 고생도 하지 않았고 힘들지도 않았다. 하지만 병으로 인해 그녀도 점점 견디기 힘들어졌다. 특히 아름다움을 중요시하던 엄마의 얼굴은 나날이 초췌하고 어두워졌다. 고통이 심해질 때는 아빠도 들어오지 못하게 했다. 쏭은 알고 있었다. 엄마는 아빠의 마음속에서 영원히 아름답기만을 원한다는 것을. 아빠한테 자신의 흉한 모습을 보이기 싫었던 거였다.

엄마는 아빠를 대신해서 죄를 갚는다고 했다. 아무것도 가져가지 못하지만 업보만은 가지고 간다는 뜻이었다. 자신이 너무 편안하게 살아서 하늘이 용서하지 않은 것이고 전생에서 받은 복을 다 누렸기에 수명으로 갚아야 한다고 했다. 엄마는 조용히 쏭한테 말했다. 자신이 이 세상을 떠나게 되면 가장 걱정되는 것이 쏭이 아니라 아빠라고 말이다.

"저 우락부락한 남자가 무슨 사고를 치면 안 되는데……."

쏭은 희극의 VIP 관객이라고 생각했는데 그만 비극을 보고 말았다. 복잡한 속내는 그녀만 알 수 있었다. 일 년이 지나고 엄마는 저세상으로 떠났다.

밤낮으로 아빠는 그냥 혼잣말을 했다. 마치 엄마와 대화를 하듯이. 웃기도 하고 이마를 찌푸리기도 하고 머리를 벽에 박기도 하면서 말이다. 일가친척과 친구들은 그가 충동적으로 무슨 일이라도 저지를까 봐 마음을 졸이고 있었다.

다행히 쏭의 부친은 어리석은 일을 하지 않았지만 그 뒤로부터 사람이 완전히 변했다. 아무것도 하지 않고 매일 엄마가 생전에 입던 옷과 물건을 손에 쥐고 방에서 나오지 않았다. 식사도 제대로 하지 않고 연신 술만 마셨다. 기숙사 생활을 하고 있는 쏭이 일주일에 한 번씩 집에 갈 때마다 집 안 청소를 깔끔히 해놓았지만 부친을 보는 마음은 항상 무거웠다.

엎친 데 덮친 격으로 그해 2004년, 전국적인 범죄 수사로 송씨네 도박장은 소탕을 당했고 쏭의 삼촌은 체포되었다. 도박장을 운영한 것은 감옥에 갈 일이었다.

쏭의 부친은 동생이 체포되었다는 소식을 듣고 나서 자수하면서 자신이 주도한 일이라고 했다. 다행히 작은 마을이고 평소에 그렇게 나쁜 일을 많이 한 것도 아닌 데다 실질적인 증거도 없고 해서 쏭의 삼촌은 1년 3개월 징역형을 받았고 쏭의 부친은 2년 징역형을 받았다.

몇 년 후 모든 것이 다 지나가고 쏭의 아버지는 차 마시고 불경을 읽고 햇볕이나 쪼이는 생활에 익숙해진 늙은이가 되었다. 그를 바라보면서 쏭은 말을 건넸다.

"아빠, 엄마가 돌아가시기 전에 어떤 유언을 남기셨어요? 그때는 제가 옆에 없어서 듣지 못했는데 아빠도 전혀 이야기해 주지 않으시니."

아빠의 표정은 순간에 따뜻하게 변했다. 조금 쑥스러워하며 이야기를 시작했다.

"네 엄마는 가기 전에 정신이 잠깐 돌아왔었지. 갑자기 눈을 반짝이며 애교 섞인 목소리로 나는 당신이 부르는 월극을 듣고 싶어요, 해줄래요? 하는 거야. 엄청 난감했어. 내가 무슨 월극을 할 줄 알겠어. 그래도 엄마의 부탁이니 눈을 딱 감고 가장 흔한 〈하늘에서 린메메가 떨어지다〉를 불렀어. 하지만 나는 하늘에서 좋은 마누라가 떨어졌다고 불렀지. 한 송이 구름처럼 다가와서…… 그러고는 나는 진짜 부를 줄 모른다고 했어."

"아 그래요, 엄마는 뭐라고 하셨어요?"

부친의 입가에는 미소가 어려 있었지만 눈가에는 눈물이 맺혀 있었다.

"너의 엄마는 웃기만 하더니 마지막에 한마디 했어. 진짜 못하네."

쏭이 여기까지 이야기하자 카페 안은 어느 때보다 조용해졌다.

스페어타이어인 줄
모르는
직진남

〈2046〉은 왕자웨이왕가위 감독의 사랑 이야기 모음판이다. 그런데 그 많은 이야기들이 죄다 사랑 중에 스쳐 지나간 것과 잃어버린 것 뿐이다. 사랑은 시간이 관건이다. 너무 빨리 만나도 늦게 만나도 안 된다.

일본의 연애 칼럼니스트 가마사키 모모코는 어떤 말이 여자의 마음을 붙잡는지 자주 쓰는데 그 중에서 제일 많이 하는 말이 "너를 만나게 되어 정말 좋아."이다. 일본 영화나 일본 노래에서 흔히 듣는 말이라 이제는 무감각하지만 억지스럽고 평범한 이런 말이 때로는 아주 효과적이다. 물론 말하는 시점이 매우 중요하다. 상대방이 맛있게 식사를 하고 있는데 불쑥 이런 말을 꺼내면 느끼하게 받아들일 수도 있다.

사랑 영화를 많이 본 사람들은 익히 알고 있다. 남자와 여자가 단둘이 같이 있을 때 눈빛이 마주치고 배경음악이 깔리면 OK, 그건 성공한 것이다. 그다음에 낯간지러운 일들이 일어나고 여성 관객들의 얼굴이 빨개질 정도로 흥미진진하게 스토리가 전개되지 않는다면 좋은 연애영화가 아니다.

우리 아버지는 드라마에서 이런 장면이 나올 때면 항상 못마땅해 하며 말하신다.

"배경음악을 없애 봐, 그래도 구역질이 나지 않는다고 하는지."

아버지는 나에게 중국의 최초의 사랑 영화 〈로산연〉에 대해 말씀하신 적이 있다. 영화의 주인공들은 북받치는 감정을 억누르고 로산 정상에서 소리쳤다. 나는 나의 조국을 사랑한다. 그것도 영어로 말이다. 지금 생각해 봐도 가슴이 두근거린다고 했다. 만약 지금 누가 이런 고백을 하면 상대방을 로산 아래로 차버릴지도 모를 일이지만.

어떤 남자들은 말주변이 없어서 항상 불리한 상황에 부닥친다. 거의 다 왔는데 "축구 좋아하세요? 저희 어머니가 당신이 좋다고 하더군요. 좋아하시면 많이 드세요. 저한테 공동구매 할인권이 있어요." 등등의 말을 마구 내뱉는다.

말주변은 평생의 예술이고 학문이다. 말 한마디로 분위기를 다운시키는 남자들을 볼 때마다 나는 다리미를 들고 가서 그 입을 좀 펴주고 싶다.

말주변이 없는 사람들이 꼭 기억해야 할 것들이 있다. 진지함이 가장 중요하다는 것이다. 당신은 신경 써서 남들처럼 달콤한 말을 하려고 한다든지 억지로 고백할 필요가 없다. 마음을 다잡고 진지하게 상대방을 바라보면서 조용한 분위기를 만들어 가야 한다. 상대방도 당신이 이어나갈 이야기에 대해 기대감이 증폭 될 것이다. 만약 상대방이 당신의 표정을 보고 "갑자기 급한 일이 있는 걸 잊었네요."라고 한다면 그냥 포기하는 게 낫다.

상대방이 웃거나 부끄러워한다면 더 주저 말고 바로 흔들림 없이 진실하게 간단하고 정확한 말을 해야 한다. 그게 가장 감동적일 것이다.

"널 만나게 되어 정말 좋아."

반드시 적중할 것이다.

그다음에는 아무 이야기도 하지 말고 쑥스러워하며 머리만 긁적이면 된다. 그리고 침착하게 손을 잡든가 용감하게 상대방의 눈을 바라보아도 괜찮다. 두 사람이 서로 얼굴이 붉어질 때까지 바라보노라면 공기 중에 핑크빛이 감돌 것이다.

그때가 되면 당신도 스스로 감탄할 것이다. 연애란 참으로 세상에서 제일 아름다운 것이라고. 그 뒤로는 화장실에 가도 시원할 것이고 밥도 맛있어지고 단숨에 5층까지 뛰어 올라가도 숨이 차지 않을 것이며, 엄마도 더는 당신이 여자친구를 사귀지 못할까 봐 걱정하시지 않을 것이다.

그러나 이렇게 해도 그냥 좋은 사람이라는 인상만 남긴다면 당신은 상대방에게 감동을 주긴 했지만 결론적으로는 거절을 당한 것이나 마찬가지다.

모든 고백과 애정에 반응이 있거나 원만한 결말이 있는 것은 당연히 아니다. 우리는 평생 여러 명의 재미있고 섬세하며 아름다운 이성을 만나게 된다. 그녀들이 받는 선택은 아마도 당신보다 더 많을 것이다. 고백한다고 해서 꼭 상대방이 반응을 보이란 보장은 없다.

나는 여기서 한 친구의 슬픈 이야기를 하려고 한다. 이 역시 우리가 흔히 들을 수 있는 연애담일지도 모르지만 대의멸친큰 일을 위해 친족도 저버리는 행위의 심정으로 여러분에게 친구 이야기를 들려주려는 것이다.

A는 나의 대학 시절 친구다. 다른 사람의 슬픈 이야기를 세상에 드러낸다는 것이 딱히 좋은 일은 아니지만 이 이야기는 고백할 때 교과서 같은 교훈적 의미를 갖고 있다.

A는 같은 반에 다니는 다리가 예쁜 여자를 1년 동안 짝사랑했다. 수업시간마다 그녀의 뒤에 앉아 예쁜 다리를 훔쳐보며 얼이 빠져있었다. 그런데 그녀한테는 고등학교 시절부터 사귀던 남자 친구가 있었다. 같은 학교에 다니지 않았지만 두 사람 사이는

괜찮아 보였다. A와 내 친구는 그냥 서로 말이 통하는 한반 친구 정도였다.

대학교 2학년 2학기 되던 때 그녀의 절친을 통해 그녀가 남자 친구와 이별했다는 것을 알게 된 A의 마음은 살랑살랑 움직이기 시작했다. 사마소삼국지에 나오는 사마의의 둘째아들의 야심은 길을 가는 사람들이 다 안다는 식으로 지극정성이었다. 아침밥을 사다 주고 작은 선물을 준비하면서 말이다. 그녀는 거절하지 않았고 고맙다고도 했다. 그녀의 반응에 담이 더 커진 그는 같이 식사를 하고 영화 보러 가기도 했다. 그는 몇 번 그러고 나서 고백하기로 했다.

그는 고백하기 전에 가장 현명한 결정을 했다. 바로 나를 찾아와 의논한 것이다.

"나 이제 고백해도 되겠지?"

나는 그에게 몇 가지 질문을 했다. 멍청한 남자들이여, 명심하라. 이 몇 가지 질문은 아주 중요하다.

"첫 번째, 너랑 그녀랑 같이 있을 때 누가 말을 더 많이 하는 거야? 그녀가 적극적으로 자기 이야기를 해? 너와 관련된 일들을 물어 본 적이 있어?"

"보통은 내가 말을 많이 하지. 그녀는 그냥 듣고만 있어. 아마 요즘 기분이 안 좋아서 그런 것이 아닐까?"

"두 번째, 둘 사이에 스킨십이 있어? 예를 들면 손을 잡는다든지 길을 건널 때 그녀의 어깨를 감싸준다든지 그런 거?"

"없어. 내가 어찌 감히."

"세 번째, 그녀가 먼저 연락을 해오거나 문자라도 보낸 적 있어?"

"없는데? 내가 그녀를 좋아하니까 그쪽에서 먼저 움직이지는 않겠지."

여기에서 핵심은 많은 남자들이 여자를 쫓아다니면 다 된다고 생각한다는 것이다. 이건 정말 아주 심각한 오해다. 누가 누구를 먼저 좋아하고 쫓아다녔냐는 시작의 의미는 그렇게 중요하지 않다. 그건 그냥 누가 먼저 상대방에게 호감이 생겼는지를 보여줄 뿐이다. 나중에 좋은 관계로 발전한다면 그것은 상대방의 마음을 끄는 장점이 있기에 좋아하는 것이다.

많은 감정은 사실 구애하기도 전에 애매한 단계에서 발생한다. 두 사람의 이야깃거리가 많아지고 대화 시간이 길어지면서 같이하는 행위, 같이하는 기억들이 많아지고 그것이 누적되면 자연히 감정이 싹튼다.

대부분 여자는 편안함과 안정감을 느낄 때 좋은 감정이 생긴다. 이런 느낌을 주려면 일종의 강약 조절이 필요하다.

하지만 많은 남자들은 여자를 갈구할 때 마치 사냥꾼이 사냥하듯이 군다. 맹목적으로 들이대서 한방에 적중하여 사냥물을

획득하려고 한다. 또 먼저 고백하면 연애를 시작하려고 강백호처럼 돌진한다. 그녀는 그 남자가 누군지도 모르는데 대뜸 좋아한다고 돌진해오니 무서운 마음이 든다. 남자가 영화배우나 탤런트처럼 잘 생겼으면 모를까 그렇지 않으면 누구든 놀라서 도망칠 것이다.

어떤 남자들은 타고난 조건과 이미지가 좋아서 이상형 같은 느낌을 주기에 여자들이 흔쾌히 대답할 수도 있다. 하지만 대부분의 보통 남자에게 있어서 여성에게 박자를 맞추는 리듬감은 아주 중요하다.

이것이 바로 내가 세 가지 질문을 하게 된 이유다.

첫 번째 질문은 감정에 대한 서로의 가치를 보여준다.

한 회사의 주식을 판단할 때 회사의 실적과 재무제표가 아주 중요하다. 많은 개미 투자자들은 늘 호재 소식에 속는다. 그건 과대평가된 가치에 끌렸기 때문이다. 감정도 투자와 마찬가지로 비록 관심이 있어도 서로 이해를 하지 않는다면 그건 일방적인 기대에 지나지 않는다. 두 사람이 소통하는 과정에서 상대방이 서로에 대해 흥미가 조금도 없다면 절대 적극적으로 개인적인 질문을 하거나 생각 따위를 궁금해 하지 않는다. 결국 좋아하는 감정은 마음속 방화벽을 넘지 못하는 바이러스가 되어 바깥을 맴돌고 있을 뿐이다.

두 번째 질문이 보여주는 간단한 스킨십이나 시선이 마주치는 것은 친밀한 관계가 시작된다는 신호다.

사람과 사람 사이의 친밀도는 길거리에서 흔히 포착된다. 만약 네 사람이 동시에 엘리베이터를 타게 되면 십중팔구 서로 떨어져 네 개의 코너를 차지한다. 하지만 친구라면 엄청 친한 사이를 제외하고는 주먹 한두 개 정도의 거리를 두게 되고, 연인 사이라고 한다면 거의 팔이 붙어있다. 만약 어떠한 스킨십이나 시선이 마주치는 일이 없다면 아무리 서로 이야기가 잘 통한다고 해도 그 사람은 은연중에 당신을 친밀한 관계로부터 제외시키고 있다는 뜻이다.

세 번째 질문은 바로 투자에 관한 반응과 피드백이다. 자신의 가치를 충분히 보여주었고 서로 충분히 교류가 이루어졌다면 상대방은 당신의 존재와 리듬에 익숙해지면서 한층 더 당신을 알아가려고 할 것이며 더 많은 교류를 원할 것이다. 또 그러려면 적극적으로 연락할 것이다. 여자는 책을 빌린다든지 컴퓨터를 봐달라는 등의 이유로 좋아하는 남자한테 자꾸 연락한다. 남자는 핑계가 없어도 그냥 계속 연락하지만.

만약 이 세 가지 중에 하나라도 없다면 연애를 시작할 생각도 하지 말라. 첫째, 아직 그 단계까지 가지 않았다. 시작에 불과하며 상대방은 아직 아무 느낌도 없는데 고백한다면 여자는 엄청 당황하면서 방어적으로 될 것이다.

둘째, 처음부터 당신은 그냥 좋은 사람, 즉 스페어타이어 같은 위치에 있었다. 상대방은 당신한테 마음을 줄 생각이 없는데 거절하기 쉽지 않거나 당신한테 보살핌을 받고 사랑을 받는 그런 기분만 누리고 싶을 뿐이다.

맹목적으로 고백한다면 이런 관계의 끝을 가속화시킬 게 뻔하다.

좋은 감정은 쌍방이 서로 좋아하는 것인데 그냥 스페어타이어의 위치에 놓여 있는 상황이라면 그건 정상적인 관계가 아니다. 한 사람을 좋아하는 걸 정말 그렇게 서둘러야 할까? 서로가 좀 더 이해하고 상대방이 나를 더 알아가게 해야 하지 않을까? 상대방이 내 생각을 알아가고, 자기 마음과 위치를 조절하게끔 말이다.

사랑이 그냥 일방적인 열망을 표현하는 거라면 그건 상대방을 물건으로 보는 것이나 다름없다. 어떤 물건이 마음에 들면 무슨 수를 써서라도 혼자 그 물건을 소유할 수 있지만 사람에게는 생각이 있고 감정이 있고 정서가 있는 것이다. 상대방이 감수하는 부분을 생각하지 않고 자신의 순간적인 즐거움만 생각해서는 안 된다.

당시 나는 A한테 고백하지 말고 조금 더 지켜보기를 권했다. 그런데 A는 다가오는 방학에 그녀가 고향에 가서 전 남친을 만나 마음이 흔들릴까 봐 먼저 고백해버렸다. 남자들은 흔히 이런 충동적인 행동을 멋진 사랑의 표현 방식으로 생각한다. 하지만 나중에 자신이 우스꽝스러워지는 것을 감수해야 할 것이다.

결과는 어떻게 되었을까? 수업이 끝난 후 A는 꽃을 꺼내 무릎을 꿇고 고백을 하면서 세레나데까지 불렀다. 주위의 사람들은 손뼉을 치면서 응원했다. 아마도 내가 제일 크게 소리 질렀을 것이다.

여자는 얼굴을 가리고 엄청 감동한 표정을 지었지만 바로 후다닥 뛰어나갔다. A는 멍한 채 그 자리에 서서 이러지도 저러지도 못하고 있었다. 그 표정, 구경하는 사람들의 웃음소리, 나는 터져 나오는 웃음을 참아야만 했다.

그날 저녁 A는 한 통의 문자를 받았다.

미안해, 나 사실 원래 남자 친구와 다시 사귀기로 했어.
고마워.

많은 남자들이 자신이 좋아하는 여자의 마음을 얻지 못하는 것은 노력이 부족해서도 아니고 사랑이 부족해서도 아니며 그 자신이 훌륭하지 않아서는 더욱더 아니다. 그냥 그들의 EQ가 너무 낮을 뿐이다.

갑자기 고백하지 말고 편한 시간과 조용한 장소에서 자신이 가진 호감을 진지하게 이야기하고, 그녀가 가지고 있는 A에 대한 감정도 귀담아들어 보라고 한 내 조언은 소용없었다. 그는 뜨거운 피가 펄펄 끓는 청년이었으니까.

중요한 건, '널 만나게 되어 너무 좋아!' 그 전제는 상대방도 그렇게 생각하고 있어야 한다는 것이다.

여성과 싸울 수 있는 무기는 사려(思慮)이며
마지막 가장 잔혹한 무기는 망각(忘却)이다.

_곤차로프

사랑할 때
현명하면
무슨 재미가 있겠어

리친은 내가 일본 유학 시절에 만난 후배이다. 소주에서 온 미인이었다. 빨간 입술, 새하얀 치아, 수려한 용모에다 웃음소리는 봄바람이 수양버들을 스치듯 부드러웠다. 목소리 또한 달콤한 전형적인 강남 아가씨였다.

리친은 고작 나보다 일 년 후배인데도 사람들한테 주는 느낌은 세상물정 모르는 천진난만한 소녀 같았다. 아라레일본 애니메이션〈닥터슬럼프〉주인공와 같은 큰 두 눈을 깜빡이며 새로운 환경에 온통 호기심을 보였다. 무작정 사람을 믿고 방어하는 법이 없었다. 이 세상을 모두 사랑하는, 상처라고는 받은 적 없는 사람 같았다.

그녀는 유학을 온 지 얼마 안 되어 나에게 지제이에 관해 문기 시작했다. 지제이는 유학생들 가운데 단연 스타였다. 다롄 출신으로 북방 남자들의 특징적 외모를 가지고 있었다. 짙은 눈썹과 부리부리한 눈, 큰 체구에 훤칠한 키, 성격 또한 호탕하고 대범하면서도 유머러스했다. 분위기 있는 목소리에 카리스마와 사교성까지 있어서 인기가 없으려야 없을 수가 없었다. 나는 그녀의 표정에서 지제이를 숭배하고 좋아한다는 것을 한눈에 알 수 있었다.

지제이에 대해 솔직하게 이야기를 해주고, 칭찬도 많이 했지만 마음 한쪽에는 걱정과 불길함이 남아 있었다. 지제이는 친구로서는 더 말할 나위 없다. 의리가 있고 믿음직하며 성격이 통쾌하고 명쾌하다. 하지만 남자 친구로 어떠냐고 묻는다면 알고 있는 사람들은 그냥 웃거나 침묵을 지킬 것이다.

지제이처럼 인기 있는 남자는 많은 여자의 마음을 사로잡는 바람둥이일 수밖에 없다. 중국인뿐만 아니라 일본, 유럽, 미국 사람과도 잘 만났다. 그와 교제한 여자 가운데 내가 알고 있는 이들만 모아도 연합국 회의를 열 수 있을 것이다. 리친 같은 풋내기한테는 스스로 자기 무덤을 파는 격이라 걱정을 안 할 수 없었다. 나는 아주 난감했다. 그녀가 믿고 따르는 선배로서 응당 귀띔을 해줘야 마땅하지만 지제이와 친분이 두터운 친구로서 안 좋게 말하는 것도 불편했다.

나는 그녀에게 넌지시 돌려서 말할 수 밖에 없었다.

"지제이는 여자들한테 인기가 많아, 너 상처받지 않게 조심해."

리친은 맑은 큰 눈을 깜빡이며 수줍게 웃었다.

"단지 알고 지내려는 것뿐이에요. 딴생각을 품고 있는 것이 아니고요. 호호호."

나는 마음속으로 되뇌었다.

'제발 그러길.'

어느 날 밤 나는 지제이가 아르바이트하는 이자카야에서 술을 마시면서 이런저런 이야기를 하고 있었다. 갑자기 지제이가 한마디했다.

"어이, 친구 내 정보를 후배한테 팔아먹었나? 요즘 그녀를 자주 마주치는데. 너무 귀엽단 말이야. 번호를 달라고 하지 않을 수가 없네."

"과연 너답다. 시작했구나."

"그 애 행동에서 확연히 보이더군. 마치 스토커 같았어. 길 가는 사람도 다 알겠던데 내가 모른 척 할 수 없잖아?"

그는 나하고 이야기하랴 손님 응대하랴 분주하게 왔다갔다 했다.

"야, 일부터 해. 우린 천천히 이야기하자."

아르바이트를 끝낸 지제이와 나는 다른 곳에서 한잔하기 시작했다.

"친구, 표정을 보아하니 설마 걔를 좋아하는 거 아냐?"

지제이는 내 잔에 술을 따라주며 농담했다.

"그건 아니야. 리친이 너무 순수하고 또 내가 너를 잘 아니까 한마디만 할게. 그 애가 상처받지 않으면 좋겠어."

나 자신이 오지랖이라는 것을 알고 있다. 어쩌면 리친도 지제이가 유혹하기를 간절히 바라는 건지도 모르는데.

"만약 네가 그녀를 좋아한다면 난 절대 다가가지 않을 거야. 그게 아니라면 제 발로 찾아온 여인을 내가 마다할 리 없지."

"생각이 너무 쓰레기 같지 않아?"

나는 농담조로 말했지만 솔직한 마음도 조금 섞여 있었다.

"내가 쓰레기 같은 게 하루 이틀도 아니고. 유학생의 연애란 게 원래 외로움을 달래려고 하는 짓이니깐. 너도 너무 진심으로 그러지 마."

나는 입으로 가져가려던 술잔을 내려놓았다. 그의 생각에 공감할 수 없었다.

"야, 그럼 내가 어떻게 했으면 좋겠어? 그녀를 만나도 모른 척하고 쌀쌀맞게 대할까? 감정이 뭐 통제돼? 만약 내가 진심으로 그녀를 좋아하게 돼도 우리가 만나는 걸 반대할 거야?"

지제이는 단숨에 이야기하고 진지한 표정으로 나를 바라보았다.

생각해 보니 그의 말도 일리가 있었다. 서로 좋아하는 것이 아니라고 해도 하나는 때리기를 원하고 하나는 맞기를 원한다면 나 같은 제삼자가 끼어들 일은 아니다.

"에이, 내가 그렇게까지 참견해서 뭐하겠어. 내가 뭐 리친 아빠도 아니고. 다 큰 어른 사생활을 참견하면 안 되지. 그냥 내가 미친놈이라고 생각해라. 우리 다른 이야기하자."

후에 농구를 하러 갔다가 리친이 음료수와 수건을 손에 쥐고 지제이를 응원하는 것을 보게 되었다. 간혹 지제이가 오토바이에 리친을 태우고 가면서 나한테 인사를 하기도 했다. 연말에 유학생 모임에서 두 사람은 요리를 같이하면서 손님 맞을 준비를 하는데 마치 다정한 연인 사이 같았다. 나는 다른 사람들의 흥미로운 표정과 또 한 명의 희생양이 늘어났다고 수군대는 말을 들으며 담담하게 웃었다. 그냥 조용히 두 사람을 지켜보았고 더는 그들한테 불필요한 말을 하지 않았다.

그러던 어느 날 리친이 울면서 전화를 걸어왔다.

리친의 번호가 뜨는 순간 나는 이미 직감했다. 예상했던 일이 결국 일어난 것이다. 방탕한 자식이 누군가를 위해 개과천선하는 기적은 절대 바라면 안 된다. 탕아의 눈길은 영원히 먼 곳에 있는 언덕을 향해 있다. 그리고 먼 곳에 있는 언덕이 무너지지 않는 한 그 눈길을 거두지 않는다.

좀처럼 술을 마시지 않는 리친이 이자카야에서 만나자고 했다. 눈은 퉁퉁 부어 있었고 말은 밑도 끝도 없이 횡설수설했다.

"선배 말이 맞았어요. 난 결국 상처를 받았어요. 어제 약속한 것도 아닌데 도시락을 싸 들고 그의 집에 갔어요. 그런데 그가 문 앞에서 어떤 일본 여자와 굿바이 키스를 하고 있더라구요. 사실 제가 얼른 알아챘어야 했어요. 그 사람한테 여자는 나 하나가 아니라는 것을 말이에요."

"……"

몹시 허기가 졌던 나는 술을 마시지 않고 구운 만두와 튀김 그리고 도미 빵을 시켰다. 그녀는 한편에서 하염없이 훌쩍였고 나는 한편에서 열심히 먹고 있었다.

"언젠가 그 사람이 이런 말을 했어요. 자기와 같이 있으면 안정감이 없을 거라고. 그 사람도 자신을 믿지 않는 거 같았어요. 그래도 나는 그 사람하고 같이 있으면 즐겁고 행복하다고 생각했어요."

"음…… 그다음에는?"

나는 초밥 세트를 하나 더 주문했다. 내 식욕이 놀라웠다.

"시작부터 알고 있었어요. 그와 함께해도 결실은 없을 거라는 것을."

리친은 맛있게 먹고 있는 나를 보다가 참지 못하고 참치초밥 하나를 입에 넣었다.

"오이시이!"

"결말을 예상하면서도 굳이 시작하고 견딘 이유가 뭐야?"

나는 먹던 것을 멈추고 물었다.

리친은 천정을 한참 바라보다가 입을 꼭 다물고 생각에 빠졌다.

"선배님, 영화 〈서유기〉를 본 적 있으세요?"

"당연히 봤지."

"그럼 여배우 주인朱茵이 맡은 자하선자를 좋아하세요?"

"당연히 좋아하지, 여신이잖아."

"저도 자하선자를 좋아하는데요, 그녀의 대사 중에 이런 것이 있어요."

"어느 구절? 자하선자가 죽음을 앞두고 한 '나는 시작을 알아맞혔지만 마지막을 맞추지 못했어.' 이 말?"

그런데 그것이 아니었다.

리친은 두 손으로 얼굴을 받치고 허공을 응시했는데 그 표정이 영화에 나오는 자하선자의 모습을 방불케 했다.

"이 구절이에요. 저우싱츠周星馳가 맡은 손오공이 그녀한테 '내가 쭉 너를 속이고 있었다는 것을 알고 있어?'라고 하니 자하선자는 웃으면서 '속였으면 속은 거지. 불나방처럼 자신이 상처를 입을 줄 뻔히 알면서도 불에 뛰어들었지. 불나방은 바보 같아!' 아마 이게 제 생각이었을 거예요."

"그래서 너는 불에 뛰어드는 불나방이 되기로 했어? 알면서 죽는 길을 선택한 거야?"

"사랑에는 누군가가 바보여야 하지 않겠어요? 바보 같은 사람이 있어야 순수함과 즐거움이 좀 더 많아지겠지요. 누구나 다 현명하면 재미없을 것 같아요, 그렇지 않아요? 선배."

나는 술잔을 쥔 채 한참이나 말을 할 수 없었다. 그 순간 자하 선자와 그녀는 하나인 것 같았다. 나는 그녀의 사랑이 그토록 순수하고 간명하며 티끌 하나 묻지 않았다는 것을 진정으로 느꼈다. 남들의 감정에 관해서는 서로가 원한다면 절대 평가를 하지 말아야지. 이번에도 마찬가지다. 하지만 절로 나오는 탄식을 참을 수 없었다.

리친은 술잔을 채워주더니 건배하자고 했다.

"누군가는 불나방이 되어야 하지 않겠어요? 그럼 제가 되지요. 뭐."

억지로 미소짓는 그녀의 모습은 마치 한 떨기 슬픈 장미 같았다.

아직도
첫사랑이 그리운
로뚜

로뚜를 알기 전부터 이미 나는 그에 대해 많은 이야기를 알고 있었다. 로뚜라는 이름은 마치 만담꾼의 대명사처럼 우리 지역에서 어디를 가든 에피소드를 들을 수 있는 하나의 캐릭터가 되어 있었다. 사람들이 모이면 항상 입에 올리는 로뚜에게는 그만큼 아픈 사연도 많았다.

스토리 1

로뚜는 1979년 12월 말에 태어났다. 그는 어머니가 조금만 참아 자신을 80년대 대표 인물로 만들어 주지 않고 고통의 70년대 일원으로 만들어 준 것에 늘 불만이었다. 그는 어부의 집에서 태어나 수영을 매우 잘했고 목소리도 우렁찼다. 남방 사람인데도 북방 사람 같은 체구와 성격을 가져 솔직하고 시원시원했다.

　로뚜가 전문학교에 다닐 때 무척 사랑하는 여자가 있었다. 두 사람 사이의 관계는 어떤 흔들림도 없어 보였다. 하지만 여자의 부모님을 만난 뒤로 로뚜는 자신이 사랑한 사람이 신데렐라를 가장한 백설 공주임을 알게 되었다.

　여자의 집안은 그 지역에서 권세를 가진 집안이었다. 여자의 부친은 〈상해탄〉에 나오는 두목처럼 카리스마가 있었다. 당시 로뚜는 영양실조에 걸린 사람처럼 비쩍 말라서 그녀 부친의 비웃음을 샀다. 로뚜도 쇠고집이라 첫 번째 만남은 별로 분위기가 좋지 않았다.

　여자친구의 부모님들은 로뚜가 데릴사위로 들어오면 모를까 자신의 딸이 집안이 기우는 로뚜와 함께하는 걸 강력히 반대했다. 여자친구도 처음에는 흔들리지 않고 로뚜 편에 서서 부모님들을 설득하려고 했다. 그런데 바보 같은 로뚜가 화를 자초했다. 허구한 날 여자 앞에서 그녀의 부모님에 대해 싫은 소리만 하니 상대방도 결국 화를 내며 돌아섰다.

　로뚜는 자신의 열등감을 인정하지 않고 기어코 여자친구에게 돈 없는 사람을 업신여긴다고 말해버렸다. 그는 모질게 내뱉고 돌아선 뒤로는 죽기 살기로 창업에 몰두했다.

　"지금은 나를 업신여기지만 나한테 돈이 생기면 그땐 나를 다시 사랑할 거야."

십 년 동안 힘들게 노력해서 뚝심과 성실로 로뚜는 성공했다. 십 년이란 세월은 눈 깜짝할 사이에 지났지만 그동안 얼마나 많은 슬프고 힘든 일들이 있었는지는 자신밖에 모른다. 다행히 모든 것이 헛되지 않아 나이 서른에 성공한 사업가로 성장했으며 업계에서도 입지를 굳힐 수 있었다.

배도 나왔고 지갑에 돈도 두둑했다. 고상한 척하는 것도 몸에 익혔고 그의 주위를 맴도는 젊은 아가씨들도 끊이지 않았다. 하지만 그 당시 했던 말은 실천에 옮기지 못했다. 이제는 서로 모르는 사람이 되었는데 왜 자꾸 생각이 나는지.

로뚜는 쓴웃음을 지으면서 말했다.

"이렇게 오랫동안 다른 사람들의 눈치를 보면서 살아올 걸 알았으면 십 년 전에 그냥 미래의 장인한테 허리를 굽힐 걸……."

몇 년 후 식당에서 우연히 그녀를 만났을 때 그녀는 영리하게 생긴 아들을 데리고 있었다.

"인사해야지? 아저씨라고 불러."

로뚜는 아이의 머리를 쓰다듬어 주었다. 그리고 그날 화장실에서 펑펑 눈물을 쏟았다.

스토리 2

언젠가 로뚜는 은행창구 직원 한 명을 마음에 두게 되었다. 그는 일주일에 5일을 은행에 가서 돈을 맡겼다. 한사코 그 여직원한테서만 일을 보려 했다. 뽑은 번호 순서가 그 여직원에게 배당이 안 되면 그녀한테 배당될 때까지 뽑았던 번호를 버리고 다시 뽑았다. 연속 사흘 그랬더니 로뚜가 은행에 나타나면 은행 직원들이 술렁이기 시작했고 여직원의 얼굴은 부끄러움에 빨개졌다.

나흘째 되던 날, 어떤 키 큰 남자가 나타나더니 험악한 표정으로 여직원을 가리키며 "내가 저 여자의 남자 친구니 더는 귀찮게 하지 마시오!"라고 소리쳤다.

그 광경을 목격한 책임자가 뛰어와 간신히 그 남자를 달래서 보냈다.

로뚜는 돈에 쪽지를 넣어 여직원한테 건네주었다.

아가씨, 당신을 좋아하는 것은 제 잘못이 아닙니다.
저를 미워하지 마세요.

여직원은 그를 향해 아름다운 미소를 지었다.

닷새째 되던 날, 그 키 큰 남자는 은행 문 앞에서 로뚜를 기다리고 있었다. 그리고 간절한 표정으로 말을 꺼냈다.

"형님, 저는 형님이 어른스럽고 돈도 많다는 것을 압니다. 저는 막 졸업을 해서 아직 아무것도 없습니다. 형님과는 비교조차 안 됩니다. 그러나 저와 여자친구는 이미 3년을 사귀었습니다.

그녀가 제 삶의 목표인데 그녀를 빼앗아 간다면 제게는 정말 남은 게 없습니다."

로뚜는 그 남자의 어깨를 두드리며 담담하게 이야기했다.

"만약 그녀가 진정 자네 거라면 누구도 빼앗을 수 없다네."

그날 로뚜가 저축한 돈에는 여전히 쪽지가 들어있었다. 고급 레스토랑의 위치와 약속 시각이 적힌 쪽지가. 여직원은 놀란 듯 입을 막았다.

은행 문을 나선 로뚜는 계단에 쭈그리고 앉아 있는 남자한테 말을 했다.

"이보게, 자네 나이엔 돈이 없다는 게 무서운 게 아니야, 무서운 건 자네가 지는 걸 두려워한다는 거야. 직장에서도 여자친구 관계도 마찬가지야. 나는 자네를 이해하네. 그런데 이후에도 나 같은 사람은 계속 나타날 거야. 그럼 어떻게 할 건가? 만약 자네 두 사람한테 어떤 문제가 있다면 그건 절대 내가 아니야. 왜냐하면 그 문제는 이미 둘 사이에 존재하고 있었던 거니까. 오늘 저녁 6시 ○○ 레스토랑. 나는 그녀가 나타나지 않으면 좋겠네. 그리고 두 사람이 더욱더 서로를 사랑하길 바라네. 힘내게 젊은 친구!"

이야기를 끝내고 로뚜는 그 자리를 떠났다. 그러고는 더는 은행에 나타나지 않았다. 그 후의 일에 대해서는 로뚜도 알 길이 없었다.

로뚜는 2008년 베이징올림픽의 개막식 입장권을 손에 넣었다. 무덥고 습한 날씨도 불구하고 많은 사람이 모여들고 있었다. 로뚜는 제대로 먹지 못하고 쉬지도 못했기 때문에 개막식이 시작되기도 전에 정신을 잃고 쓰러졌다.

그가 정신을 차렸을 때 한 자원봉사자가 자신을 친절하게 보살펴 주고 있었다. 청순한 얼굴, 날렵한 눈매에 청순하고 생기 넘치는 매력적인 얼굴이 눈앞에 있었다. 허약한 로뚜가 천사를 본 것이다. 뻔뻔하게도 그는 다시 첫사랑에 빠진 것 같았다. 그 때문에 개막식을 놓쳤지만 상관없었다. 온갖 수단과 방법을 다해 자원봉사자 학생을 끌고 병원에 가서 개막 방송을 보았다. 전혀 아픈 사람 같지 않게 활력이 넘쳤고 흥분을 주체하지 못했다.

원래 베이징에 일주일 머물 계획이었는데 그 후로도 로뚜는 아예 돌아올 생각조차 하지 않았다. 돌아오는 비행기 표를 취소하고 그녀의 꽁무니만 쫓아다녔다. 미니 선풍기, 음료수, 수건 따위를 들고 따라다녔는데 올림픽 선수라도 그런 대접은 못 받았을 것이다.

눈치 없는 동료 자원봉사자가 그녀에게 이렇게 말하기도 했다.
"네 아빠가 진짜 너한테 지극정성이다."
로뚜는 하마터면 그 자리에서 울음을 터뜨릴 뻔했다.

비록 마흔에 가까운 나이였고 배도 많이 나왔지만 마음만은 청춘이었다. 사랑이라고 느껴질 때는 물불을 가리지 않았다. 사랑에 빠진 그는 사업체를 아예 베이징으로 옮길 생각을 할 정도였다.

그러나 그의 열렬한 사랑은 그녀가 식사 중에 뱉은 한마디 말 때문에 차갑게 식고 말았다.

"시골에서 온 형편이 어려운 남자가 뜻밖에 제 룸메이트한테 열 통도 넘는 러브레터를 보내면서 구애한 적이 있어요. 그때 제 룸메이트가 저보고 그 남자한테 거절한다고 전해달라고 했어요. 남자는 참 괜찮은 사람이었는데 집안 형편이 너무 안 좋았어요. 제 룸메이트는 집안 대대로 베이징에서 살아온 사람이거든요. 요즘 같은 시대에 돈도 없으면서 연애할 생각을 다 하다니 참 바보 같아요."

로뚜는 묵묵히 와인을 마시며 담담하게 말했다.

"나도 예전에는 엄청 가난했어. 그리고 연애편지를 써서 고백을 했지. 하지만 나는 성공했는데."

그녀는 매우 난감해하면서 수습에 나섰다.

"사람마다 다르죠. 당신은 잠재력과 매력이 있는 사람이라서 성공했을 거예요."

로뚜는 한숨을 길게 내쉬었다.

'내가 돈이 있어서 만나주는 걸까?'

여자는 뭔가 잘못되었음을 깨닫고 주저리주저리 말했다.

"그 뜻이 아니라 물질은 사랑의 토대라는 거죠. 하지만 저는 가난한 사람 싫어하고 돈 많은 사람을 좋아하는 그런 부류는 아니에요."

로뚜는 남은 술을 단숨에 비웠다.

"그래 알아, 너를 두고 뭐라고 하는 게 아니야."

그러고는 침묵했다. 분위기는 순식간에 냉랭해졌다. 그들이 레스토랑 밖으로 나오자 비가 내리고 있었다. 로뚜는 한숨을 내쉬며 말했다.

"베이징의 비는 냄새가 다르군, 닝보가 그립네."

이 외에도 많은 이야기가 있다. 그는 매번 피가 끓어올라 불같은 사랑에 뛰어들었다가도 아니다 싶으면 절대 질질 끌지 않고 단호히 몸을 뺐다. 그를 잘 모를 때 나는 그냥 벼락부자가 재미로 돈이나 펑펑 쓴다고 생각했다.

하지만 우연한 만남을 통해 우리는 뜻밖에도, 서로 말이 잘 통한다는 것을 알게 되었다. 로뚜는 예전에는 쉽게 분노하는 청년이었지만 지금은 개인의 취향을 존중할 만큼 정서적 여유가 있었다. 게다가 일본의 디자인을 선호했고 일본 문화에 대해서도 관심이 많았다. 나와 만나 술을 마시면 항상 일본과 관련된 이야기를 했다. 나는 차츰 다른 사람을 통해 들었던 그에 대한 과장

되고 터무니없는 이야기들의 실체를 알게 되었다.

로뚜는 자신이 지난 몇 년 동안 일만 하다 보니 연애 문제에는 별로 신경을 쓰지 않았다고 한다. 일흔에 가까우신 부친은 돈도 선물도 원하지 않으시고 그냥 손자만 안겨주기를 눈 빠지게 기다리신다고 한다. 결혼할 생각이 없는 것은 아니지만 나이는 먹었어도 마음은 아직도 학교 시절 여자친구한테 연애편지를 쓰던 그때 그대로였다.

"나는 아마도 감정 결벽증이 있는 것 같아. 친구들이 그렇게 이야기하거든. 늘 처음 연애할 때 그 느낌을 떠올리곤 해. 과거는 이미 지나갔고 미래는 아직 생각할 겨를이 없지만 첫사랑을 떠올리면 시간이 멈추는 것 같아."

그래서 로뚜는 마음이 흔들리는 사람을 만날 때마다 첫사랑으로 돌아간 것처럼 무작정 용감하게 돌진했던 것이다. 하지만 현실 속 감정이 자신이 원하는 것처럼 그렇게 순수할 수 없음을 깨닫고는 허탈해했다.

"가난했던 젊은 시절, 제일 큰 문제가 뭐였는지 알아?"

"뭔데?"

"얻을 수 없는 모든 것을 다 가난 때문이라고 생각한 거야. 눈은 먼 곳만 바라보면서 정작 바로 옆에 있는 한 떨기 꽃의 아름다움을 보지 못한 거지."

밖에서 갑자기 소나기가 퍼붓기 시작하였다. 열정적으로 애정관을 토로하던 로뚜가 갑자기 조용해지더니 담배를 피우면서 묵묵히 밖만 바라보았다.

나중에 안 일이지만 첫사랑 그녀의 이름에 우(雨)자가 있었다고 한다. 한참 침묵을 지키던 그가 입을 열었다.

"나도 나중에 알게 되었지. 인생이라는 게 다 뜻대로 되는 게 아니란 걸. 돈이 없을 때는 돈만 있으면 모든 걸 다 가질 수 있을 것 같았는데 정작 돈이 있고 보니 내가 뭔가를 잃어버린 것 같고 말이야. 사람의 욕심은 끝이 없는가 봐."

"그게 뭐였든 전부는 아니야. 사랑이든 사업이든 그 무엇이든 다는 아니지. 하느님도 돈도 그 무엇도 자기 인생을 모두 장악할 수 없어. 우리는 그냥 개의치 않고 끝까지 가야 해. 그 끝에서 여전히 변치 않은 게 있는지 그걸 봐야지."

"아마 시간이야말로 제일 공평한 걸 거야."

로뚜는 자신의 배를 만지면서 심드렁하게 트림을 했다.

그 뒤로도 로뚜의 무산된 사랑 이야기는 끊임없이 들려왔다. 그는 여전히 타협하지 않고 태초의 첫사랑 느낌을 찾고 있었다. 웃프다고 해야 할까? 종종 그가 내게 해준 꿈 이야기가 생각난다.

꿈에서 로뚜는 십여 년 전으로 돌아간다. 그는 보온병을 들고 여자친구 기숙사 건물을 향해 달려가고 있다. 손에는 아르바이트로 번 50위안이 쥐어져 있다. 저녁에 그녀를 데리고 동문에 있는 노점에서 맛있는 음식을 같이 먹을 생각을 하니 저절로 입가에 미소가 번진다. 노점 양꼬치는 1위안에 3개인 데다가 맛 또한 기막히게 좋다.

꿈의 마지막, 그는 밖에서 기다리면서 익숙한 발걸음 소리가 가까워지는 것을 듣고 있다. 머리를 들어보니 영원한 미소가 보인다.

여자와 갈등이 생겼을 때
여자를 이치로 따져 설득할 수 없다.
남자는 위로해 주면 된다.
침묵을 지키면 된다.
참으면 된다.

_모로아

지나간 것이
다 아름다운 건
아니야

귀국한 지 얼마 되지 않았을 때 나는 정말 외로웠다. 예전에 말이 잘 통했던 친구들은 거의 떠나고 없었고, 몇 명 남지 않은 친구들도 회사 다니랴, 연애하랴, 결혼 생활하랴 서로 바빠서 만날 시간이 없었다. 그래도 사람 만나는 것을 엄청 좋아할 때라 여러 모임을 만들고 새로운 친구들을 사귀기 시작했다.

얼예가 운영하는 커피숍은 내가 늘 다니는 모임 장소였다. 그 커피숍은 좀 남달랐다. 책꽂이에는 내가 좋아하는 책들이 있었고 인테리어도 내가 좋아하는 편안하고 포근한 스타일이었다. 동네 구석진 곳에 자리 잡고 있었는데 조용했지만 단골 손님이 꽤 많았다.

몇 번의 모임을 거쳐 점차 비정기적으로 주말 살롱이 만들어졌다. 늘 서너 명 정도가 모여 차 마시고 이야기를 나누다 보면 오후가 금방 지나갔다.

이 모임에 익숙해지자 우리는 서로 마음의 문을 열기 시작했다. 어느 날인가 실연에 관한 이야기가 화제로 떠올랐다. 너도 나도 말문을 열고 본인의 경험을 풀어놓기 시작했다.

국제무역을 하는 호 사장이 먼저 시작했다.

"실연이라고 하면 그래도 내가 경험이 제일 많을 걸? 지금 아내를 제외하면 번번이 차이는 신세였으니깐. 받은 딱지를 모으면 아마도 만국기 한 판은 될 거야."

그의 말에 모두 폭소를 터뜨렸다. 호 사장은 키가 작고 뚱뚱한데 웃음소리도 제일 컸다. 웃기를 좋아하고 귀여운 사람이었다. 자수성가형 사업가로 어렵사리 얼마간의 성공을 이루어냈다.

"기억에 많이 남는 이야기가 있나요?"

내가 그에게 물었다.

"당연히 있지. 차근차근 얘기할 테니 잘 들어 봐요. 잘 생긴 사람한테만 청춘이 있는 건 아니라오. 나처럼 고등학교 이후로 살만 찌고 키가 크지 않는 사람에겐 아는 여자래 봤자 일본 AV여배우뿐일 거야. 그래도 좋아하는 여자를 만나면 항상 적극적이었어. 거절당할 때는 당하더라도 시도도 해보지 않는다면 너무억울하잖아. 그래서 더욱 뻔뻔해졌지. 많은 여인들이 바로 거절을 했어. 나한테 있어 실연이라는 것은 아마도 그때 그 여자뿐일 거야. 내가 하는 일이 잘 풀리기 시작할 때였어. 우리 회사에 전문학교를 졸업한 아담하게 생긴 여자를 채용했어. 말수가 적었지만 실속이 있고 맡은 일도 조심스럽게 잘했어. 내 이상형이었지. 그녀가 온 뒤로부터 회사 일도 점점 나아지던 터라 나는 그녀가 나한테 행운을 가져다준다는 생각이 들어 그녀를 쫓아다니기 시작했어. 그녀도 거절하지 않았고 같이 식사도 하고 영화도 보고 그랬어. 집에 데려다주기도 하고 그녀와 함께 내 친구들을 만나기도 하면서 착착 순리대로 잘 돌아가는 것 같았지. 어느 날은 그녀가 난감한 표정을 지으며 말하더군. 돈을 조금 빌려달라는 거야. 의아해서 무슨 일이냐고 물었지. 그녀는 한참 머뭇거리더니 나중에는 솔직하게 이야기를 하더라구. 임신했대. 당연히 내 애는 아니었고. 3만 위안을 그녀에게 주면서 갚지 않아도 된다고 했어. 그녀는 울면서 사과를 하는 동시에 나한테 무릎을 꿇으려고 하더라구. 나는 엄청 괴로웠어. 그녀는 한사코 차용증을 써주었고 사직하고 회사를 떠날 때도 기어이 마지막 급여를 받지 않더라고."

"그 뒤에 또 만났어요?"

"작년 설 지나고 그녀와 그녀의 남편이 나를 찾아왔어. 감사하다면서 빌린 돈을 갚으러 왔다고 하더군. 변변하지 못한 살림이지만 잘 지낸다고 말이야. 나는 그 돈을 받지 않았어. 그냥 결혼 축의금이라 생각하라고 했지."

정말 뜻밖이었다. 호 사장이 우리에게 이런 이야기를 들려줄 줄은 몰랐다. 그가 말을 이었다.

"사실 나는 그녀한테 한 가지만 물어보고 싶었어. 그때 나를 정말 좋아해서인지 아니면 내가 돈이 있어서 내 곁에 있었는지 말이야. 만약 돈 때문이라면 나한테 사실대로 말할 필요도 돈을 갚을 필요도 없지 않았을까? 말없이 떠나든가 돈을 왕창 뜯어낼 수도 있지 않았을까?"

"지내보니 당신이 좋은 사람이라는 생각이 들었겠지요."

사람들이 내 말에 동감하며 머리를 끄덕였다.

나는 인간의 선량한 부분을 부인하지 않는다. 하지만 세상에는 상상하기 힘든 일들도 자주 벌어진다. 사람 마음속의 비밀이야말로 세상에서 제일 어두운 면이다. 많은 일들은 자신이 생각하기 나름이다. 인생은 꿰뚫어 보면 결코 즐겁지만은 않다.

관광국에서 근무하는 유 소저는 성격이 활달하고 털털하다. 학교를 막 졸업한 그녀는 지금까지 두 번의 연애를 했다고 한다. 얼마 전 연애는 한 달 만에 끝났고.

유 소저는 한 남자에게 첫눈에 반했다. 그녀가 꿈에도 그리던 그런 남자였다. 어른스럽고 유머러스하며 자신감 넘치고 낙관적이었다. 일거수일투족이 매력 넘쳤다. 그녀는 전과 다르게 먼저 다가갔고, 뜻밖에도 그 남자의 호감을 얻어냈다.

하지만 그 남자와 같이 있으면서부터 유 소저는 갈수록 불안해졌다. 그 사람이 데리고 간 특급호텔 레스토랑에서 유 소저는 메뉴판의 가격을 보고 속으로 혀를 내둘렀고 그가 유럽여행 이야기를 할 때는 그냥 머리만 끄덕이며 바보처럼 웃을 수밖에 없었다. 그가 바이어와 영어로 자유롭게 대화할 때 그녀는 하나도 알아들을 수 없었고, 그의 주변을 맴도는 섹시하고 매혹적인 여성 친구들을 보면서 그들 사이에 무슨 일이 있었는지 상상하지 않을 수 없었다.

유 소저의 열등감은 불안감과 함께 커져만 갔다. 그와 데이트할 때마다 어떤 옷을 입고 화장은 어떻게 해야 할지 신경 쓰였다. 그를 만나는 것이 점점 힘에 부쳤다. 자기와 어울리지 않는 세계에 들어간 것 같았고 행동 하나하나가 자연스럽지 못했다.

특히 그 남자가 잠자리를 요구할 때 유 소저는 단호히 거절했다. 털털한 성격이었지만 그 방면에서는 보수적이라 그건 결혼 이후에나 가능한 일이라고 생각했다. 남자는 유 소저를 재미없고 따분하게 느끼기 시작했다. 또 한 번 거절당한 남자는 갑자기 분노했다. 가까스로 감정을 추스른 남자는 쌀쌀맞게 말했다.

"우리 이제는 더 만나지 말자. 너는 나랑 같은 세상 사람이 아니야."

그녀는 마음이 아프고 슬펐지만 한편으로 무거운 짐을 벗어버린 듯 홀가분했다. 그리고 그녀는 현실과 동떨어진 연애에 대한 환상을 가진 게 아닌지 생각해 보기 시작했다. 이 세상에는 그렇게 완벽한 연애 상대란 존재하지 않는다. 대부분은 욕망에 끌린 거짓이다. 그것이 물욕이든 성욕이든.

그런 사람이 나타나 그녀를 치고 지나간 것에 감사해야 할까? 그녀로 하여금 연애관과 이상형을 돌아보게 하였고, 충실하고 진지한 감정만이 시간의 검증을 거쳐 남는다는 것을 알게 하였으니까.

다른 사람들의 이야기는 별안간 이별 통보를 받았다는 게 다였다. 이별 통보를 받기 전까진 아무런 조짐도 없었다며.

어떤 사람들은 연애 감정이 마치 탱크 같다. 물불을 가리지 않고 앞으로 돌진하다가 사랑이 식었다는 느낌이 들면 그냥 밟고 지나간다. 죽은 연애 감정을 밟고 점점 감정의 피라미드 꼭대기에 도달한다.

밟힌 사람들은 혼자 일어나 상처를 어루만지기도 하지만 미련한 사람들은 자신을 밟고 지나간 탱크의 뒷모습을 바라보며 아쉬움에 뒤쫓아 가기도 한다.

내 차례가 되었다. 나는 그냥 짧은 이야기를 들려주었다. 남자와 여자가 서로 눈이 맞아 한참을 같이 걸었다. 그러다가 갈림길에서 가려고 하는 방향이 달라 헤어졌다. 나는 실연의 느낌을 받아본 적이 없다. 내게는 누굴 만나고 헤어지는 것은 구름이 만나고 흩어지는 것처럼 자연스러운 일이었다. 실연은 나에게 인생의 많고도 많은 이별의 한 형태일 뿐 결코 특별한 것이 아니다. 살아만 있다면 매일매일 새로운 하루인 것처럼.

어쩌면 사람들은 내가 진정으로 사랑을 해본 적이 없다고 생각할지 모른다. 맞다. 애써 말하지 않은 내 인생 철학이 하나 있는데, 그것은 바로 기정사실에 대해 더 이상 후회하지 않는다는 것이다.

마지막으로 편집 일을 하는 쇼웬 차례가 되었다. 그녀는 한마디만 했다. 그녀의 말에 모두 침묵을 지켰다.

"나는 그 사람을 좋아했어요. 그 사람과 10년간 형제처럼 지냈어요. 그런데 지난여름에 그 사람은 결혼했어요."

왜 곁에 있는 사람을 사랑하는가? 왜 자기 마음을 알았을 때 상대방에게 알리지 않았는가! 친구 사이에 금이 갈까 두려워 고백하지 못한 것은 자기감정을 속이는 가장 나약한 핑계다. 고민거리를 마음속에 숨기고 겉으로는 아닌 척하는 것은 사랑에 대한 가장 큰 모욕이다. 하지만 현실 연애에서 용감한 사람은 어디까지나 소수에 불과하다. 때문에 그렇게 많은 아쉬움과 엇갈림이 존재하는 것이다.

차마 당해도 싸다고 말할 수는 없었다. 그녀가 언젠가는 당당하게 사랑한다고 말할 수 있길 바란다. 마음속에서 우러나서 사랑한다고 말할 수 있다면 그건 정말 행운이다.

커피숍을 나서니 여전히 햇살이 비추고 있었다. 길 가는 사람들의 뒷모습에는 각자의 사연이 숨겨져 있겠지.

스페인 속담에 이런 말이 있다.

엉덩이는 항상 뒤에 있는 것이고 우리는 항상 앞을 봐야 한다.

영화를 보다가
헤어지기도
해

친구 로주가 이별했다.

"나 헤어졌어."

"오……."

나는 계속 젓가락질을 하고 있었다.

"왜 그랬는지 안 물어봐?"

로주는 몹시 불쾌해했다.

"그래, 왜 그랬어?"

나는 계속 술을 마셨다.

"그녀가 뜻밖에도 ○○○모 작가의 소설을 모태로 한 영화를 좋아한다네!"

"푸~"

나는 하마터면 맥주를 마시다가 사레들릴 뻔했다.

"무슨 소리 하는 거야, 영화 보다가 헤어질 것까지 있어?"

"왜 그러면 안 돼? 그녀가 좋아하는 것까지는 괜찮은데 내가 싫다고 해도 안 된대. 이건 진짜 참으려야 참을 수 없어!"

"한 번 싸우고 끝나면 되지, 무슨 큰일이라고."

나는 가타부타 말을 안 했다. 그냥 로주가 성깔을 부려 별거 아닌 것을 가지고 소란 피운다고 생각했다.

로주는 맥주를 한잔 들이키더니 딸꾹질하면서 말했다.

"내가 자세히 말해볼게."

그는 진짜 자세하게 말을 했다. 너무 상세하게 이야기해서 하마터면 잠들어 버릴 뻔했다.

사건의 원인과 배경을 간단히 종합해서 말하자면 이렇다.

중국에는 별 볼 일 없는 영화들이 많았다. 특히 청춘 소설 작가가 연출한 어느 영화의 경우 인터넷에서 강렬한 논쟁과 욕설들이 오갔다. 이 영화는 젊은 세대들의 악평을 많이 받았지만 의외로 흥행했다. 많은 문예 청년들은 중국영화는 이제 끝났다고 한탄했다. 그럼에도 흥행에 성공한 이유는 청소년과 젊은 여성들의 지지 때문이었다.

그즈음 로주와 여자친구는 다정하게 영화관에 갔다가 같이 본 영화 때문에 헤어졌다.

여자친구는 이 영화가 사람들한테 감동을 주는 멋진 영화라고 했다. 그러면서 로주한테는 영화가 별로라는 말조차 꺼내지 못 하게 했다. 처음에는 그냥 우스갯소리처럼 들렸지만 말을 주고받다 보니 어느새 본론에서 벗어나고 말았다. 그는 여자친구가 이 영화를 좋아하는 것은 머리가 텅 비었기 때문이라고 했고 여자친구는 청춘과 소녀의 진실한 마음이 담겨 있기 때문이라고 했다.

마침내 여자친구는 여성들이 가장 애용하는 비장의 카드를 내놓았다

"나를 사랑하지 않는 거야? 마누라가 예쁘면 처갓집 말뚝에 절을 한다는데? 내가 좋아하는 건 같이 좋아해야 하는 거야."

로주는 이과 출신답게 논리적으로 대꾸했다.

"이거랑 그거랑 무슨 상관이 있어? 네가 길에서 똥을 싸도 내가 좋아해야 하는 거야?"

그리하여 영화 한 편으로 일어난 가치관의 충돌은 일주일 동안 연락 두절을 초래했으며 문자 하나로 깊지 않은 관계를 마무리 짓게 만들었다.

"전부 이야기했어. 네 생각은 어때?"

잠시 생각한 후 나는 말문을 열었다.

"생각해 봐. 여자친구랑 영화 한 편 보면서도 가치관을 따진다면 그건 단순한 문제가 아니야."

"그래, 사회학자 같은 네 말을 끝까지 들어보자."

"사람들은 자신이 소중하게 생각하는 일에만 관심을 가지고 논쟁을 하지. 야오밍키229㎝의 중국 농구선수이 키가 작고 리자청아시아 최고의 부자이 가난하다고 하면 사람들은 상대도 해주지 않고 그냥 웃고 지나갈 거야. 근데 사람을 면전에 두고 뚱보라고 하면 아마도 그 사람은 너와 끝장을 보려고 할 거야. 사람의 공격성은 마음속의 불안과 자기보호 본능에서 나오는 거니까."

"어이구, 그럴싸하네."

"취미에 우등과 열등이 어디 있겠어. 그냥 서로 맞지 않는 차이야. 음악회를 좋아하는 사람이 길거리 버스킹을 좋아하는 사람보다 과연 더 우아할까? 다른 각도에서 보면 이것은 타협할 수 있는 문제 같은데?"

로주는 머리를 절레절레 흔들었다.

"사람마다 다를 거야. 나는 원래 혼자 영화를 보는 게 습관이 되었어. 특히 기대되는 영화들은 더 그래. 영화를 보고 나서 바로 전해지는 느낌이 가장 정확한 감동이니까. 제일 난감한 것은 각자가 받은 다른 느낌 때문에 오는 불쾌감이야. 가장 기억에 남는 것은 언젠가 호감을 느끼는 여자와 같이 〈인셉션〉을 보러 갔을 때였어. 영화를 보면서 나는 줄곧 감독과 작가의 신들린 듯 뛰어난 기교와 기발한 발상에 감탄을 금치 못했거든. 난 흥분된 마음을 감추지 못하고 있는데 옆을 보니 그녀는 하품하면서 무료해하더군. 나는 그녀에게 요즘 많이 힘드냐고 물었지. 그녀는 머리를 흔들며 그게 아니라 영화가 너무 어려워 졸린다는 거야.
그 순간 모든 호감이 죄다 사라져 버렸어."

"정말로 피곤했을 수도 있지 않을까. 아니면 그냥 그런 척할
수도 있고 말이야."

"이런 말이 있어. 사람이 결혼하는 것은 자기랑 같이 영화 보
러 가는 사람을 찾기 위해서이지 서로 영화 소감을 공유하기 위
해서가 아니라고. 만약 그냥 같이 영화 보는 사람이 필요해서 그
런 거라면 나는 결혼하고 싶지 않아. 영화는 혼자서라도 보러 갈
수 있는 건데…… 무슨 뜻인지 이해하겠어?"

"나는 우리에게 주어진 시간이 제한되어 있어 그렇다고 생각
해. 서로 맞지 않으면 헤어지는 것이지, 세상이 이렇게 넓은데
꼭 한 사람만 만날 필요는 없지. 하지만 이건 너무 자기 감정에
무책임한 것 같아. 치사해 보일 정도로."

"즐겁고 행복하기 위해 연애하는 거 아냐? 같이 있으면서 의
견이 맞지 않고 마찰만 생긴다면 항상 불쾌할 것이고 그런 연애
는 해서 뭐해?"

"그런데 기쁘고 즐거울 때도 많지 않았어?"

"나는 문제를 확대시키고 싶지 않았어. 그녀가 내가 싫어하는
영화를 굳이 싫어해야 한다고 생각하지 않아. 그동안 교제하면
서 우리가 영화뿐만 아니라 삶에 대한 시각도 아주 다르다는 것
을 알았어. 이런 문제는 타협할 수 없어. 타협하면 재미가 없지.

각자 자기 생각만 이야기할 때 어느 한쪽이 너그럽게 감싸주지 않는다면 더욱더 불쾌해질 수밖에 없잖아."

"비록 지금 네 느낌이 뭔지는 잘 모르겠지만 네 결정은 옳다고 생각해. 결론적으로 말하면 말이 통하지 않으면 말 한마디도 낭비라는 거잖아?"

"다음에는 진짜 얼굴만 예쁜 여자는 사양하겠어. 교양 수준이 삶의 질에서 아주 중요한 요소니까."

로주를 보면서 서로 마음이 통하는 사람을 찾기는 힘들겠다고 느꼈다. 수준 높은(?) 연애를 지향한다면 먼저 취미를 개발하고, 자기를 가꿔야 한다. 좋아하는 책을 읽고 좋아하는 노래를 듣고 좋아하는 영화를 보는 거다. 언젠가는 불쑥 그 사람이 당신의 마음속 깊이까지 다가올 것이다. 나중에는 같은 책을 읽고 같은 노래를 듣고 같은 영화를 보게 된다면 이 얼마나 좋은가?

나는 공포영화를 좋아한다. 조용한 주말 저녁에 공포영화를 보면서 심장을 조여오는 자극적인 느낌을 즐긴다. 공포영화는 혼자 봐도 괜찮지만 그래도 외롭긴 하다. 대학 시절 룸메이트들과 함께 기숙사 불이 꺼진 후에 다닥다닥 붙어서 베개를 끌어안고 이불 뒤집어쓴 채 〈저주〉나 〈착신아리〉 같은 공포영화를 심장을 졸이면서 보던 기억이 난다.

하지만 여자들은 대개 공포영화를 무서워한다. 아마도 대다

수 남자들은 딴생각을 품고 여자들과 함께 공포영화를 보러 가자고 할 것이다. 하지만 나는 두 사람이 함께 영화를 보면서 같은 기억과 공감대로 작은 비밀을 공유하는 그 순간을 좋아한다. 유감스럽게도 아직 나와 함께 공포영화를 보려고 하는 여자를 만나지 못했지만 말이다.

두 사람의 관계가 적절한지는 다방면으로 검증이 필요하다.

예를 들면 음식을 대할 때도 한 사람은 고기를 좋아하는데 한 사람은 채식주의자라고 하면 곤란해진다. 만약 돼지고기를 무척 좋아하는데 남자 친구가 이슬람인이라면 견딜 수 없이 침울할 것이다.

그 외에도 미적 관념, 예술, 생활과 개개인에 대한 시각이 달라도 논쟁을 불러일으키고 기분 나쁘게 헤어지게 된다.

사람들은 늘 사랑의 기능과 작용을 확대하려 한다. 두 사람 사이에 사랑이 있다면 많은 문제가 저절로 해결되지 않을까? 나이, 거리, 학력, 배경 등등 이러한 것들은 모두 중요하지 않다. 두 사람이 서로에게 진정으로 끌리는 것은 바로 비슷한 취미와 가치관이다. 두 사람이 현실적인 차이를 극복하고 함께하려 함은 그저 마음이 통하고 서로의 세계관이 일치하기 때문이다. 두 사람이 보기에는 모든 것이 적절해 보이지만 인생 철학과 사물에 대한 견해가 완전히 상반된다면 오랫동안 같이 하기는 힘들다.

우리는 연애하는 것을 사랑을 속삭인다고 말한다. 그런데 달콤한 말보다 더 중요한 것은 서로의 인생관이 일치하느냐의 여부다. 극보수주의자와 극진보주의자가 연애가 가능할지.

어떠한 재능과 개성도 그 진가를 알아보는 동등한 안목이 있어야 빛을 발하는 법이다.

예를 들면 2012년 〈보이스오브차이나〉의 우모쵸우, 그녀의 노래 스타일에 대해 불만을 가지고 의견이 분분할 때 하린은 자기의 견해를 고집하면서 끝까지 그녀를 옹호했다. 우모쵸우에게는 행운이라고 말할 수 있겠지만 하린의 탁월한 안목을 말해주는 것이기도 했다.

젊은 여성들이 중년 유부남에게 종종 빠지는 이유는 그녀들이 원하는 사상과 감정을 같은 연령대의 미성숙하고 성공하지 못한 남자들한테서는 찾아보기 힘들기 때문이다.

사람들은 자신이 흠모하는 사람을 좋아하지만 자신과 뜻이 같지 않은 사람은 좋아하지 않는다. 우리가 한 사람을 좋아하는 데 걸리는 시간은 순간이다. 귀엽게 웃는 모습 혹은 타이밍을 기가 막히게 맞춘 말 한마디 때문일 수도 있다.

하지만 막상 연애가 시작되고 나면 여러 가지 사소한 부분과 의견 불일치 때문에 스스로 의문을 품을 때가 많아진다. 이런 사람이 진짜 내가 좋아하는 사람이 맞는지, 계속 받아들일 수 있는지 말이다.

자신의 마음속에 꼭꼭 숨어있던 한계에 다다르면 비로소 정신을 차리게 된다, 이건 영혼의 영토 문제로 타협해서는 안 된다는 것을 깨닫게 되는 것이다.

우리는 자신과 함께 평생 같이 갈 사람이라는 확신이 서기 전에는 오랫동안 외롭게 살아간다. 많은 사람이 요란하게 다녀갔어도 당신의 영혼에는 그 누구도 들어와 보지 못했을 수 있다. 우리는 홀로 생각하는 사고의 성역에서 생활하고 있다. 성역을 공략할 수 있는 유일한 무기는 공감이다.

때로는 적극적으로 어떤 이들을 마음의 성역에 들어오게 하지만 또 때로는 모든 문을 잠그고 아무도 들어오지 못하게 한다. 영화 한 편을 본다고 생각해 보자. 입장권을 구매하기 전에는 영화홍보, 출연진과 예고편에 현혹되어 한껏 기대를 품고 영화관에 입장하지만, 관람하는 과정에 점차 자신의 예상과 다르다는 것을 눈치채게 되며 심지어 현저한 차이가 있다는 것을 깨닫게 된다. 많은 사람이 영화를 보다가도 시시한 영화라는 생각이 들면 결단력 있게 관람 도중에 퇴장한다.

잘못된 감정에 대해서도 마찬가지이다. 신속히 떠나는 것이 바로 자신의 제한된 삶의 시간을 가장 아끼는 것이다.

여자에겐 정말 손해될 때가 있다.
남자에게 잘해주고
사랑한다는 표현을 하면 할수록
그만큼 남자는 빨리 싫증을 내고 만다.

_헤밍웨이

외로운
쌍둥이
소수들

　나는 내가 수학을 엄청 좋아하는 줄 알았다. 어릴 때부터 수학을 곧잘 했고 수학과 대표도 했다. 나는 내가 잘하기 때문에 당연히 좋아하는 것으로 생각했다.

　이러한 생각은 맹걸을 만날 때까지 계속되었다.

　맹걸은 고등학교 동창이었는데 수학이라면 좋아하다 못해 환장할 정도였다. 그 녀석의 최대 오락거리는 수학 문제 풀이를 하는 것이었다. 하루라도 수학 문제를 풀지 않으면 온몸이 쑤시기라도 하듯이 마약중독자처럼 문제를 풀어댔다. 사람은 거짓말을 하고 마음에 없는 소리도 하지만 숫자는 그렇지 않다는 것이다. 거침없이 수학 문제를 풀고 나면 더없이 상쾌하다는 말도 했다.

그는 진정으로 수학을 좋아했지만 나는 아니었다. 내가 수학 공부를 열심히 한 것은 다른 사람들에게 똑똑하게 보이길 바라서였다. 같은 반 예쁜 여학생들이 내게 와서 수학 문제 풀이를 물어보는 장면을 다른 사람들한테 보여주면서 돋보이려는 허영심도 있었다. 수학 자체는 차고 무미건조해서 단 한 번도 재미있다고 생각해 본 적이 없다. 성적 때문에 중요할 뿐이었다.

맹걸은 나도 자신과 같은 부류라고 생각했는지 나한테 속마음을 털어놓았다.

"내가 다니던 중학교는 아주 외진 시골이었어. 우리 반 아이들 대부분은 고등학교로 진학할 생각을 하지 않았고 함께 수학 문제를 풀어볼 친구는 더더욱 없었지. 나는 아주 외로웠어. 1과 자신만으로 나누어떨어지는 소수 같았다고나 할까."

하, 소수라! 소수는 수열에만 존재하는 건데……. 저녁 자습시간이 되면 맹걸은 어디서 찾아왔는지 이상한 문제를 들고 나를 찾아오거나, 서로 문제를 내는 숫자 게임을 청하기도 했다. 매번 자습시간이 끝나면 그는 기호가 서로 맞는 친구가 있어서 좋다며 즐거워했다.

맹걸이 수학에 대해 사랑을 드러내면 드러낼수록 나는 수학을 그렇게 좋아하지 않는다는 걸 깨닫게 되었다. 시간이 갈수록 점점 맹걸이 귀찮아졌고 갖은 핑계를 대면서 수학 문제 풀이 게임을 거절했다. 나는 앞자리 여자아이와 역사를 논하는 것이 더 재미있었다. 맹걸은 아무 말도 하지 않았고 문제를 같이 풀자며 찾아오는 횟수도 점점 줄어들었다.

때론 그가 구석에서 혼자 수학 문제를 풀면서 남들과 말 한마디도 하지 않는 것을 보면 미안한 마음도 들었다. 그러나 차가운 숫자보다 나는 따뜻하게 웃는 얼굴을 더 좋아했다. 고등학교 2학년에 올라가면서 우리는 다른 반에 가게 되었고 더는 서로 연락하지 않았다. 매번 월례 고사가 끝나고 나면 붙여놓은 석차표에서나 그의 이름을 볼 수 있을 뿐이었다.

어느덧 10년이라는 시간이 흘렀다. 그러고 보면 10년이라는 것은 참으로 신기한 숫자다. 오랜만의 만남은 거의 다 10년 후에 이루어지는 것 같다. 어느 저녁 늘 가는 서점에서 나오는데 마주 오던 누군가가 나를 불렀다.

"샤오옌징?"

"어, 누구……"

"나 맹걸이야!"

"아, 너구나!"

우선 아는 척을 했는데 머릿속에는 도무지 누군지 떠오르지 않았다. 지금 맹걸은 키도 엄청 컸고 검은 테 안경을 끼고 있는, 내 기억 속의 쓸쓸하고 괴팍한 모습과는 분명 다른 모습이었다.

"밥 먹었어? 나 지금 밥 먹으러 가는데 같이 가자, 여기 엄청 맛있는 집이 있어."

나는 완곡하게 거절하고 집에 가서 책을 보고 싶었다. 이런 소리는 그냥 인사치레 삼아 빈말로 하는 경우가 많아서 정말 같이 식사를 하면 난감할 수도 있다. 그런데 그때 그의 눈빛에서 유달리 간절함이 느껴져서 나도 모르게 머리를 끄덕이고 말았다.

기억 속의 맹걸은 말수가 거의 없었지만 지금 그는 나를 만나서 진심 기쁜 건지 많은 말을 쏟아내었다.

서로 인사를 나누고 이런저런 이야기를 하다가 지금 고등학교 수학 선생님을 하고 있다는 말에 그제야 내 기억이 새록새록 되살아났다.

"아! 그 맹걸이구나!"

"뭐야, 너 이제야 내가 누군지 생각난 거야?"

"미안 미안, 내 전 여친이 맹걸인데 그녀가 성전환 수술을 한 줄 알았어."

"너는 여전히 농담을 잘하는구나."

농담을 하고 나니 분위기는 한결 더 좋아졌다. 술기운과 매운 안주의 도움으로 우리는 기분 좋게 대화를 이어나갔다. 이야기 하다 보니 자연스럽게 연애 이야기가 나왔다.

"여자친구 있어?"

"있다고 봐야겠지."

"있다고 보다니?"

"그녀는 지금 박사 공부를 하고 있어. 졸업하면 우리 아마 같이 있을 거야."

"어떤 상황인데?"

이야기는 사실 복잡하지 않은 건데 맹걸의 성격이듯 마치 계산식 증명하듯 아주 자세하게 이야기했다. 왜 그녀를 좋아하는지 마치 증명하듯 말하고 왜 같이 있지 않은지 뒤죽박죽 계속 말했다.

맹걸은 대학에서 수학을 전공했다. 처음에는 모두 같은 부류의 사람들이 모인 거 같아 정말 기뻤다. 그러나 말수가 적고 수학 말고는 별다른 취미가 없었던 맹걸은 진정으로 마음을 나눌 만한 친구를 사귀지 못했다. 그는 처음으로 정말 자신이 외로운 소수라는 생각을 했다.

그러다가 맹걸은 또 하나의 소수를 발견하였다. 같은 과 여학생이었는데 그와 아주 흡사했다. 늘 조용히 도서관에 앉아 책을 보거나 문제를 풀고 있었다. 그녀가 다른 여학생들과 어울리면서 수다를 떨며 몰려다니는 것을 좀처럼 본 적이 없었다. 그녀도 그와 마찬가지로 사람들의 변두리에 있었다.

맹걸은 그녀와 알고 지내고 싶었다. 몇 달 동안 심리적 갈등을 겪다가 한 번 용기를 내어 그녀한테 쪽지를 건넸다. 수학 문제 하나를 적고 더 좋은 해법이 있는지 물었다나. 공부하는 애들의 세계는 도통 이해할 수가 없다.

그 후로 두 사람은 조금씩 가까워졌고 시간이 흐름에 따라 또 점점 멀어져 갔다. 줄곧 서로의 마음을 전달할 적절한 타이밍을 잡지 못했다. 말주변이 없는 두 사람은 좀처럼 배수같이 깔끔하게 나누어떨어지지 않았다. 두 사람 사이에는 무언가가 가로막혀 있는 것 같았다.

맹걸은 내게 수학 개념 하나를 설명해 주었다. 그걸 듣고 나니 무척 슬펐다. 단숨에 맥주 반병을 마셔버렸다.

"너 알고 있어? 사실 소수 중에는 아주 특별한 존재가 있어. 수학자들은 쌍둥이 소수라고 부르지. 쌍둥이 소수란 두 수의 차이가 2인 두 소수를 말해. 예를 들면 3과 5, 5와 7, 11과 13 등. 매 쌍의 쌍둥이 소수는 하나의 짝수를 사이에 두고 있어. 마치 서로 손꼽아 기다리는 이웃처럼 말이야. 가운데에는 넘을 수 없는 강이 가로막혀 있어. 숫자가 커짐에 따라 쌍둥이 소수는 점점 더 찾기 힘들지. 점점 더 많은 외로운 소수들은 좌우를 둘러봐도 같은 무리는 보이지 않고, 강 건너를 바라보듯이 점점 더 멀어져가지. 나는 안 좋은 느낌이 들었어. 그냥 이대로 나간다면 숫자 세계에서 조용한 소수는 더는 같은 무리를 만날 수 없고 절망의 심연 속에 처절하게 빠져들 거야. 처음에 서로 만난 것도 어떻게 보면 그냥 우연히 스쳐 가는 것뿐이었을지도 몰라."

그런데 외로운 소수의 숙명을 벗어나지 못한다고 생각하고 있을 때 신기한 일이 일어나기도 한다. 오랫동안 찾아도 나타나지 않던 쌍둥이 소수가 계속 찾다 보니 불현듯 나타나는 것이다.

그들은 서로 가까이하고 의지하며 주위에 많고 많은 합성수에 대항한다. 합성수는 언제나 외롭지 않다. 합성수의 떠들썩한 세계에서 두 개의 소수는 아무도 신경 쓰지 않는 틈을 타 조용히 가까워지고 서로 끌어당긴다.

"수학자들은 아직도 결론을 얻지 못하고 있어. 무한 쌍둥이 소수가 존재하는지 말이야. 그리고 아무도 몰라, 다음에 나타나는 쌍둥이 소수가 어디에 있는지. 하지만 나는 믿어, 그냥 가다 보면 언젠가는 그들을 찾을 수 있을 거야. 나와 그녀처럼 말이야. 계속 기다리고 기다리다 보면 언젠가는 같이 있을 거야."

"너의 행운을 빌어."

본인은 아주 담담하고 평온하게 말했지만 나는 그 이야기를 들으면서 점점 슬퍼졌다. 참 웃기는 일이다. 우리는 서로 마주보지만 나는 그의 슬픔을 느끼지 못하고 그도 나의 슬픔을 이해하지 못한다. 우리 사이도 어떻게 보면 한 쌍의 쌍둥이 소수가 아닐까?

맹걸과 그녀는 쌍둥이 소수라 모두 외롭고 남들과 어울리는 방식을 도통 모른다. 타인에게 다가가려고 하면 할수록 더 어려워지고 오히려 더 쉽게 멀어진다. 사람과 사람 사이의 밀림에서 길을 잃어버리고 두 사람만이 서로에게 유일한 위안이 된다. 그렇다고 해도 두 사람 사이에는 쌍둥이 소수처럼 건널 수 없는 장애물이 가로막혀 있어 서로 바싹 붙어 온기를 전할 수도 없다.

이렇게 생각하면 누구나 다 소수다. 누가 진정으로 다른 누군가와 바싹 붙을 수 있겠는가? 장벽은 영원히 존재한다.

맹걸은 조용히 술을 마셨다. 그의 몸에서는 뭐라고 표현하기 힘든 성숙미가 풍겼다. 풍부한 연륜에서 나오는 그런 침착함과 태연함이 아니라 마음에서 우러나오는 좀 더 강력하고 묵직한 뭔가가 있었다.

그의 눈이 보여주는 것은 염세적인 것도 아니고 희망에 가득 차 있는 것도 아니었다. 미래에 대해 자신감이 차 있는 것도 아니었고 의기소침한 것도 아니었다. 프란츠 카프카의 〈성〉카프카 (1883-1924)의 미완성 장편소설에서는 클람이 하루라도 나타나지 않으면 K는 하루라도 절망할 이유가 없다. 마치 이런 상황을 절망하지 않는다고 뭉뚱그려 이야기하는 것 같다.

쌍둥이 소수의 무한성은 아직도 증명되지 않고 있다. 그렇다고 무한하지 않다고 증명이 된 것도 아니다. 유명한 추측으로 남아 있을 뿐이다.

맹걸은 아직도 그녀와 함께하지 못하고 있다. 그렇다고 영원히 같이 하지 못한다고는 말할 순 없다. 예측할 수 없는 'To Be Continued'로 남아 있다. 하지만 그들이 함께한다 해도 쌍둥이 소수처럼 오랜 시간이 지나야 다시 만날 수 있을 것이다. 어떻게 보면 많은 일이 이렇게 간단한 건지도 모르겠다. 그냥 앞으로 걸어가며 절망하지 않아야 하는 것.

진심은 이별 후에도 상처를 남기지 않는다

자신을
사랑하지 않는 자
사랑을 얻을 수 없으리

사랑할 때 자기 자신에게 충실하라. 자아가 없으면 더 쉽게 상대방을 잃게 된다.

스토리1

내 대학 선배인 K는 한 여자를 2년 동안 쫓아 다녔다. 2년 동안 밥도 사주고 영화도 보여주고 선물을 사주고 도서관에 자리도 잡아주면서 그녀만을 위해 시간을 보냈다. 우리는 모두 그녀와 연인이 되는 건 떼놓은 당상이라고 생각했다. 그런데 일 년이 지나도 아무런 결실을 맺지 못했다. 고백도 여러 번 했지만 그때마다 여자는 너무 일찍 연애하고 싶지 않다는 말만 반복했다. 우리는 그를 걱정했고 더 억울해했다. 그럼에도 궈징홍콩 무협소설 〈사조영용전⁾의 주인공처럼 순박한 선배는 웃으면서 말했다.

"그녀가 조건이 좋잖아. 급할 거 뭐 있어. 잘 해주면 그뿐이지."

이듬해 봄이 올 무렵 그녀는 자기보다 한 살 연하의 남자와 런런왕^{중국 소셜네트워크}에서 연애를 시작했다. 알고 지낸 지 한 달 만에 그것도 인터넷에서 만나서 말이다. 이건 명백한 사기였다. 우리는 분노에 치를 떨었고 그녀를 찾아가 따지자고 했다. 선배는 화를 내면서 말했다.

"소란피우지 마. 그 사람 마음이야. 뭐라고 할 거 없어."

우리는 모두 화가 났지만 본인이 이렇게 이야기하니 가만 있을 수밖에 없었다.

나는 임유가의 노래 〈낭비〉의 가사가 떠올랐다.

나에게 미안해하지 않아도 돼
아마 나는 원래부터 너에게 낭비되는 것을 좋아했는지도 몰라
설령 내가 다시 누군가를 사랑하려 노력한다 해도
결국 또 헛수고일 뿐이야

이 일은 이렇게 끝났다. 언젠가 친구들과 같이 식사를 하게 되었는데 그 자리에 그 여자의 룸메이트가 있었다. 식사 자리에서 룸메이트는 우리에게 한 가지 털어놓았다. 그녀는 늘 K한테 받

은 선물을 다른 사람에게 줬다고 한다. 상대방이 K한테서 받은 건데 괜찮겠냐고 하면 상관없다는 식으로 "그 사람이 원해서 준 거지 내가 강요한 거 아니야."라고 말했다는 것이다.

그 순간 나는 분노의 불길이 확 치솟았다가 이내 마음이 아파 왔다. 노예처럼 쉽게 무릎을 꿇는 감정이라니. 자신을 땅바닥까지 낮추어 마음대로 이용하고 짓밟게 하면서까지 그녀를 원하다니. 이게 무슨 사랑이란 말인가?

《청춘에게》라는 책에 이런 말이 있다.

우리는 모두 자신을 사랑한다. 사랑보다 더더욱.

이 말에 동감하지 않을 수 없다. 자신을 더욱더 사랑해야만 사랑받을 자격도 생기는 것이다. 자신을 사랑하지 않고 상대방의 진실을 알지 못한다면 나홀로 연애하는 허망한 꿈에 빠지게 된다.

___
스토리 2

여자를 우표처럼 수집하는 '우표수집광'은 친구 중의 전설이다. 친구들에게 아무리 잘해도 그의 과도한 연애 생활을 좋게 생각하는 친구는 거의 없다. 들리는 소리로 그는 이미 12개의 별자리를 모두 수집했고 지금은 중국 각 성을 다 모으기 위해 애쓰는

자신을 사랑하지 않는 자 사랑을 얻을 수 없으리

중이라고 한다.

그는 진짜 잘생겼다. 그윽한 눈빛은 여자들이 저항할 수 없는 날카로운 무기다. 집안도 좋고 스타일도 좋으니 어느 여자가 마음이 동하지 않겠는가. 누가 봐도 마음이 설렐 것이다. 그의 친구인 나는 늘 그의 안부와 연락처를 궁금해하는 전화를 받는다. 그때마다 내가 조금 안 좋게 이야기하면 질투하는 것으로 보일 것이고, 좋은 이야기만 해주면 사람을 불구덩이로 밀어 넣는 것 같아서 판단이 잘 서지 않았다.

몇 년 전 그는 인터넷을 통해 베이징에서 일하고 있는 고향 여자를 꼬셨다. 뜻밖에도 그 여자는 꿈속에서도 그리던 백마 탄 왕자와의 사랑을 위해 베이징의 직장도 그만두고 그가 있는 이 도시에 와서 취직하려 했다. 며칠에 한 번씩 그를 위해 집 청소를 하고 밥을 해주고 빨래를 했다. 남들이 보면 이미 결혼한 아내의 모습이었다. 나도 그녀를 만난 적이 있다. 항상 밝게 웃는 모습에 성격도 좋았다. 딱 봐도 요령을 부리지 않는 좋은 여자였다.

그도 처음에는 무척 감동했다. 우리에게도 그녀한테 잘해 줄 거라고 말했다. 나도 그의 진심에 대해 경솔하게 결론을 내릴 수 없었다.

그에게 물어보았다.

"그녀를 사랑해?"

그는 한숨을 쉬며 말했다.

"사랑? 난 사랑을 많이 해봤지만 도대체 사랑이 뭔지 모르겠어."

많은 여자들은 탕아들의 개과천선을 갈망하며 남자가 마음을 고쳐먹기를 바란다. 혹은 노력을 하지 않는 자신의 남자 친구가 갑자기 정신 차리고 분발하기를 간절히 희망한다. 그러나 사람들이 알아야 할 것이 있다. 대부분의 사람은 습관과 단점을 쉽게 개선하지 못한다는 점이다. 그렇지 않으면 세상에 그렇게 많은 사람들이 무엇 때문에 담배가 몸에 해롭다는 것을 뻔히 알면서도 끊지 못하겠는가? 자신이 극소수의 행운아라고 믿지 말라. 로또도 매 회차 당첨되는 사람이 있는 것은 아니다. 하물며 알 수 없는 사람 마음은 어떻겠는가?

반년이 지난 뒤 그는 또 참지 못하고 여기저기 쑤시고 다녔다. 항상 강가에서 거니는데 어찌 신발이 젖지 않을 수 있겠는가? 결국, 모든 사실이 드러났고 여자는 울면서 항의했다.

"내가 당신을 위해 얼마나 많은 것을 희생했는데 왜 이렇게 양심이 없어요?"

다툼이 계속되자 그는 기분 나빠하면서 한마디 내뱉었다.

"내가 너보고 오라고 했어? 왜 내 탓을 하는 거야?"

여자는 아무 말도 하지 않았다. 순간 얼굴은 흙빛이 되었고 강시처럼 휘청거리며 떠나 다시는 나타나지 않았다.

그는 그 말만은 자기가 하지 말았어야 했다고 후회했다. 좋게 만나고 좋게 헤어져야 하는데 그녀에게 남긴 마지막 모습은 비굴하기 짝이 없었다며. 그때 나는 그를 흠씬 두들겨 패고 싶었다. 하지만 손뼉도 마주쳐야 소리가 난다고 불구덩이인 줄 알면서도 뛰어들었으니 누굴 탓하랴.

어떤 사람들은 "나는 진심으로 당신을 사랑합니다. 당신이 나를 좋아하든 말든."이라고 하고 또 어떤 사람들은 "당신은 얼마든지 나를 좋아하세요. 그래도 나는 당신을 좋아하지 않아요."라고 한다.

어리석은 사람들, 어리석은 사람들이여! 경기는 박빙이어야 보는 재미가 있다. 사랑도 마찬가지다. 박빙이어야 활력이 영원히 지속된다. 평생 상대가 희생과 감동의 동반자가 될 거라고 기대하지 마라. 세상에서 제일 불안한 것이 사랑이다.

인터넷에는 자기 인생을 다 포기하고 선택한 사람으로부터 버림받은 수많은 비련의 주인공들이 떠다닌다. 심한 경우에는 인간의 탈을 쓰고는 할 수 없는 처절한 배신으로 인해 살인 행각이 벌어지기도 한다.

자신을 소홀히 하고 가치 없는 사랑을 위해 자신을 함부로 짓밟아서는 안 된다. 자신을 낮추고 짓밟히는 것이 상대방을 위해서라고 생각하겠지만 짓밟는 사람은 오히려 상대방의 뜻대로 해준 거로 생각한다.

사랑한다는 말은 그렇게 무겁지 않다. 금방 알 수 있다. 매일

매일 영화나 드라마에서 나오는 것처럼 거창하고 미친 듯이 사랑하는 것을 배우지 말라. 현실 속에서 그렇게 사랑한다면 힘든 것은 두 사람이고 상처를 입는 것은 자신이다.

인생에는 그것보다 더 중요한 일들이 많다. 예를 들면 어떻게 더 훌륭한 인생을 가꾸어 갈 수 있는지 고민하는 편이 훨씬 더 가치 있다.

자기를 사랑하면 영원히 실망하지 않을 것이다.

자신을 사랑하지 않는 자 사랑을 얻을 수 없으리

여자에게 있어서 결혼은
한겨울에 얼어붙은 강물 속에 뛰어드는 것과 같다.
한 번 뛰어들고 나면
두 번 다시 뛰어들 엄두가 안 나는 법이다.

_고리키

멋진 남자를
만나려거든
그의 약속을 보아라

친구들과 잡담을 하다가 갑자기 어떤 남자가 가장 매력이 있는지 토론하게 되었다. 사람들은 해박한 지식, 건강, 자신감, 진지함 등등을 갖춘 남자를 말했다. 내 차례가 되자 나는 골똘히 생각한 후 진지하게 말했다.

"가장 멋진 것은 언행일치지."

지금처럼 급변하는 세상에선 많은 사람이 자신의 신용도를 미리 가불해서 쓴다. 쉽게 약속을 하고 뒤돌아서면 허공으로 날려버리는 식이다. 남자들은 체면 때문에 더더욱 그렇다. "걱정하지 마. 내가 꼭……" 하지만 며칠이 지나면 십중팔구 자신이 무슨 말을 했는지 잊어버린다.

친구 사귀기 좋아하는 나는 늘 이런 상황에 부딪치게 된다.

긴 휴가 시즌이 되면 많은 친구가 놀러 오겠다고 미리 연락한다. 나는 시간을 비워두고 호텔을 예약하고 관광코스를 찾아놓으며 나름 도리를 다하려고 애쓴다. 그런데 날짜가 다 되어갈 쯤 달랑 문자 한 통으로 오지 못한다는 소식을 전한다. 비록 대단한 일은 아니지만 그래도 나는 상처를 받는다.

이런 경우 말고도 직장에서 아무 생각 없이 함부로 말하는 약속들이 난무한다. 임금인상과 승진시켜 줄 거라는 상사의 말은 절대 믿지 마라. 그냥 괜찮네 하고 말아야지 그 말을 믿으면 상처받는 경우가 부지기수다.

많은 사람이 먼저 약속해 놓고 약속을 저버리는 것을 좋아한다. 배신의 속도가 책장을 넘기는 속도보다 더 빠르다. 때문에 세상에 법으로 보호할 것들이 생겨난 것이다. 사람의 말은 흩날리는 깃털 같다. 누구나 다 알고 있다. 사람들이 대수롭지 않게 생각하는 사금융이 사람들에게 희망을 파는 것과 동시에 절망으로 밀어 넣는다는 것을.

내가 좋아하는 영화 〈파이트 클럽〉에 이런 대사가 있다.

"Losing all hope was freedom." 모든 희망을 버려야 자유를 얻는다고.

쇼펜하우어의 철학 이론은 이해하기 힘들지만 그가 쓴 에세이들은 매우 훌륭하다. 그는 많은 글을 썼지만 강조하는 것은 단 한가지다. 인생이란 고통과 지루함 사이에서 흔들거리는 시계

추라는 사실이다. 채워지지 않는 욕망 때문에 고통을 받을 뿐 아니라, 욕망을 충족한 이후에는 공허함과 지루함에 시달린다.

나는 그 시계추를 희망 혹은 욕망이라고 생각한다.

세상에 많은 사람이 현실 속에서 잘 살아가지 못한다. 희망과 욕망에 끌려가기 때문이다. 약속은 희망과 욕망을 구체화해 기대를 품게 하며 시계추의 움직임을 가속한다. 그러나 약속이 수포로 돌아가면 더욱더 깊은 고통과 공허의 수렁에 빠져든다.

대만가수 차이친은 양더창과 십 년 동안 성생활 없는 혼인관계를 유지했다. 결혼 후 양더창의 유명한 고백이 있다. "우리는 플라토닉 러브를 지향한다. 우리의 사랑에 어떠한 불순물도 섞이지 말아야 하며 어떤 모독과 구속도 당하지 말아야 한다. 우리가 하는 일은 우리의 발전을 위해 필요하기에 함께 모든 에너지를 일하는 데 쏟아야 한다."

그러나 이처럼 품위 있고 진지한 고백은 남자가 봤을 때 모두 헛소리처럼 들린다. 남자가 여자를 진심으로 사랑하고 여자도 남자를 사랑한다면 어떻게 생명의 결정체를 터치하지 않을 수 있단 말인가?

사람들을 더 놀라게 한 것은 차이친이 그의 제안을 승낙했다는 것이다. 아마 그녀는 양더창을 너무 많이 사랑하고 있었나 보다. 그해에 차이친은 〈사랑을 눈앞에 두고〉, 〈멍한 기다림〉 두 장의 앨범을 발표했다. 그녀의 마음이 그대로 드러나는 노래였다.

그런데 양더창은 자기보다 18살 어린 펑카이리를 만난 후 그녀와 같이 있는 시간이 세상에서 가장 즐거웠다고 했다. 결국 그는 두 아이를 낳았는데, 자신이 주장한 플라토닉 러브를 스스로 모독한 셈이다.

여기에서 양더창 감독을 비난하려는 뜻은 없다. 그는 내가 가장 좋아하는 감독 중 한 사람으로 나는 그의 작품을 여러 번 보았다. 그도 역시 남자였다. 정상적인 남자로서 자기의 마음과 몸을 속이기는 힘들었을 것이다. 만약 잘못한 점이 있다면 차이친한테 약속과 10년의 희망을 주고 무자비하게 군자 같은 그 약속을 짓밟아 버린 것이다.

성인이 아닌 이상 그 누군들 잘못이 없겠는가? 약속하는 데는 몇 분이라는 시간밖에 걸리지 않지만 약속을 지키는 데는 예측 불허한 많은 상황을 거쳐야 한다. 그럼에도 불구하고 사람들은 약속받기 좋아하고 약속하기를 좋아한다.

프로이트의 〈정신분석이론〉에 의하면 사람이 약속을 어기는 것은 잠재의식 중 두 개의 유동적 의도가 충돌하기 때문이라고 한다. 하나는 약속할 때의 책임과 미안함, 다른 하나는 과거의 구속에서 벗어나 자유를 갈망하는 충동이다. 이런 충돌로 인해 머뭇거리다 약속이 지연된다. 결과적으로 현실은 과거의 어느 한순간에 품었던 신념을 무너뜨리고 약속마저 어기게 만든다.

내가 보기에 약속은 아주 쉬운 일이다. 어떤 사람들은 아무런 능력도 없으면서 큰소리치고 함부로 승낙한다. 하지만 약속을 지키는 것은 아주 중요하다. 한 사람이 자기의 입을 단속하고 말한 대로 약속한 것을 그대로 지켜나가는 것은 그의 인품과 능력을 보여주는 시험대와 같은 것이다.

말한 대로 지키는 것은 남자로서 가장 남자다운 표현이며 안정감을 주는 이유이고 책임감의 구현이다. 반면 말한 대로 하지 않고 아무 생각 없이 얼렁뚱땅 넘어간다면 당분간은 사람들이 좋게 보겠지만 약속을 어긴 후 좌절감은 당신을 수렁에 빠져들게 할 것이다. 이미지에 영향을 미치는 것은 물론이고 모든 방면에서 의심을 받게 되기 때문이다.

나의 사촌 형은 과묵한 편이지만 본인이 중요하게 생각하는 사람들한테 뭔가를 약속하면 반드시 지킨다.

언젠가 사촌 형과 같이 영화를 보다가 기타를 치는 장면을 보게 되었다. 내가 기타를 배우고 싶다고 했더니 그는 "진짜야? 진짜면 올해 네 생일에 선물해 줄게."라고 했다. 2개월 후, 나는 이미 그 일을 까맣게 잊었다. 그런데 생일에 사촌 형은 취직한 지얼마 안 되어 쥐꼬리만 한 급여를 받았음에도 불구하고 내게 기타를 선물했다. 사촌 형에게는 이런 소소한 일화들이 많이 있다. 다른 사람들이 보기에 그는 성공한 남자가 아니겠지만 우리 일가친척들 눈에 그는 남자답고 가장 멋진 남자였다.

2010년 월드컵 때 내 룸메이트는 스페인이 진다고 하면서 그렇지 않으면 자신이 나체로 달리기를 하겠다고 했다. 우리는 농담인 줄 알았는데 시합 결과가 나온 그 날 밤, 그는 아무런 이야기도 하지 않고 운동장으로 가서 옷을 벗고 질주하였다. 아주 사소한 일이지만 생각날 때마다 그 친구야말로 진짜 남자답고 멋지다는 생각이 든다.

쉽게 대답하거나 약속하지 말라. 어떤 사람들은 습관적으로 "OK", "다 나한테 맡겨.", "걱정하지 마."라고 장담한다. 하지만 실망스러운 결과가 흔히 벌어지곤 한다. 이렇게 되면 사람과 사람 사이는 겉으로 보기에는 친한 것 같지만 그냥 건성으로 대하고 마음속으로는 절대 믿지 않는 상황이 오기 마련이다. 나는 겉치레만 하는 예의는 예의가 아니라고 생각한다.

내가 생각하는 멋짐은 외모에 한하지 않는다. 그보다 더 중요한 것은 한 사람이 상대와 생활을 대하는 태도다. 변덕스럽고 미덥지 못한 미남과 충실하고 신용을 지키는 추남 중에서 누가 진정한 남자인지 총명한 사람은 한눈에 알아본다.

멋진 것은 태도이다. 생명을 대하는 성실한 태도이다.

사랑은 타이밍,
더 이상은
필요없어

　가끔 이런 경험이 누구에게나 있을 것이다. 갑자기 누가 생각나서 바로 전화를 했는데 상대방은 바쁜 건지 기분 나쁜 일이 있는 건지 덤덤하게 "지금 다른 일이 있어, 나중에 연락할게."라고 말하며 전화를 끊는 경우. 상대방이 며칠 지난 뒤 전화를 걸어온다고 해도 그 순간의 벅찬 느낌은 이미 사라졌기에 남은 것은 그냥 거리감 느껴지는 인사치레뿐이다.

　만약 그때 상대방이 바로 연락했다면 두 사람은 화기애애하게 이야기를 나누었을 것이다. 지난날의 잊히지 않는 추억을 떠올리며 눈물범벅이 될 수도 있다. 무심코 한 연락으로 우정이나 지난 감정을 다시 주워 담을 수도 있다.

　하지만 이것은 종종 순간적으로 벌어진다. 그때를 놓쳐버리면 다시 나타나지 않을 수도 있다. 세상에 많은 감정도 이와 마찬가지다.

얼마 전 친구의 추천으로 〈어리석게 죽는 100가지 방법〉이라는 게임을 다운받았는데 완전히 푹 빠졌다. 라운드마다 온갖 방법을 동원해 꼬마가 뜻밖의 사고로 어리석게 죽게 하는 게임이었다. 플레이하다 보니 꼬마가 큰 나무 아래에 서 있고 위에서는 번개가 치고 있었다. 번개가 나무를 명중하여 넘어지는 나무에 꼬마가 깔려 죽으면 라운드를 끝낼 수 있었다. 하지만 타이밍이 맞지 않았다.

한참이나 해봐도 번번이 실패였다. 내 인내심은 점점 극도에 달했지만 다음 라운드로 넘어가기 위해 계속 시도했다. 그러다가 잠들어 버렸다. 이튿날 아침 일어나 다시 시도했더니 단번에 성공했다. 그런데 무슨 영문인지 나는 어젯밤의 흥분된 감정을 느낄 수 없었다. 한두 라운드 돌고 나니 따분하게 느껴졌고, 그래서 바로 삭제해 버렸다.

이런 경우는 평소 생활에서 흔히 겪는다. 계획된 여행이 다양한 이유로 연기되면 나중에 가까스로 사람이 모이고 시간을 맞추어도 여행의 흥은 다 깨진 뒤다. 보고 싶은 책이 한 권 있어 도서관을 아무리 뒤져도 찾지 못했다면 나중에 그 책을 찾더라도 끝까지 읽을 인내심이나 흥취는 사라지고 없다. 상처가 났을 때 아무리 찾아도 반창고를 찾지 못했다면 나중에 반창고를 사 왔을 때 상처엔 이미 딱지가 앉아 있다. 따뜻한 위로가 필요할 때 곁에 없으면 나중에 아무리 정성 어린 위로라도 남은 것은 무관심뿐이다.

심신이 몹시 약해졌을 때 누군가에게 기대고 싶지만 곁에 아무도 없었던 경험이 누구에게나 한 번쯤은 있을 것이다. 사람은 어떻게 강해지는가? 그것은 바로 모든 것이 자기 뜻대로 되지 않는다는 사실을 깨닫게 될 때 가능하다. 결국에 언제나 함께하는 것은 오직 자신뿐이다.

사람의 마음은 변덕스럽다. 그 때문에 나는 '어린아이의 마음은 천금으로도 얻을 수 없다'고 생각한다. 우리는 상대에 대해 초심을 지키기 힘들다. 자기도 모르게 기분에 좌우된다. 때론 흥분하고 때론 머뭇거리다가 늘 가장 적합한 타이밍을 놓친다.

스토리 2

쓸데없는 것에는 무엇이 있을까? 여름의 솜옷, 겨울의 부채? 마음의 상처를 받고 난 후 상대방의 달콤한 말 같은 게 아닐까?

대곡의 연애는 꽤 슬픈 이야기다.

대곡은 일본 유학 시절 내 세 번째 룸메이트였다. 미술을 전공하는 헛똑똑이 열혈 청년이었다. 그는 체구가 너무 커서 자신이 여자들한테 인기가 없다고 생각했다. 하지만 실상은 여자들한테 인기가 많았다.

대곡은 재능이 뛰어났다. 그의 작품을 본 적이 있는데 상당한 솜씨였다. 때로 그의 작품 활동을 지켜보기도 했다. 점점 알록달록한 색채의 화려한 세계가 드러나는 섬세한 과정을 보노라면 재능이 있는 남자가 진심 매력적이라는 걸 알 수 있었다.

단발머리의 여자가 늘 대곡을 찾아왔다. 우리는 그녀를 영이라고 불렀다. 그녀는 쿨했다. 항상 검정색 재킷을 걸친 펑키룩 차림이었다. 중국에 있을 때 밴드를 한 적이 있다고 했다. 두 사람은 화제가 많았고 서로 잘 맞았다. 가끔 그들은 왜 웃는지도 모르는 바보처럼 실실 웃기도 했다.

두 사람은 늘 다다미에 앉아 같이 맥주를 마시고 담배를 피웠다. 공포영화를 같이 보면서 비아냥거리기도 하고 허튼소리를 하기도 했다. 때론 동시에 큰소리로 웃었는데 그 웃음소리가 공포영화에서 나오는 것보다 더더욱 공포스러웠다. 심지어 숙소에서 청주를 마시고 취한 얼굴로 나한테 인사할 때면 내가 남의 집에 잘못 온 줄 착각할 정도였다.

나는 그 두 사람이 언젠가는 결혼할 거라고 생각했다. 하지만 대곡은 그녀와 그냥 친구라고 했다. 나는 좋지 않은 결말을 예감했다.

그 당시 두 사람은 모두 어학원을 다니고 있었다. 대곡은 도쿄에 있는 예술대학에 들어가려 했고 영은 교토에 갈 예정이었다. 대곡은 어떤 일들은 처음부터 끝이 보이기에 아예 시작을 안 하는 게 낫다고 말하곤 했다.

그 후 영은 교토에 있는 학교에 입학했다. 떠나기 전날 밤 송별회가 있었다. 송별회가 끝나자 대곡은 영을 바래다주었다. 술에 취한 영은 대곡의 옷깃을 당기며 물었다.

"교토에 나 보러 올 거야?"

대곡은 조심스럽게 대답했다.

"교토에 놀러 가면 꼭 너를 찾을게."

"놀긴 뭘 놀아, 나랑 같이 가면 안 돼? 도대체 뭐야? 너 남자 맞아? 그래, 네가 말을 안 하면 내가 할게. 난 너 좋아해. 너랑 같이 있고 싶어. 속 시원하게 말 좀 해 봐!"

대곡은 평소에 남자다운 사람이었지만 그 순간에는 아무 말도 하지 못했다. 그냥 그녀를 부축하며 "너 취했어, 지금 너한테 대답하기는 쉽지만 내일 일은 누구도 모르잖아."라고 말하며 그녀를 달랬다.

영의 집까지 간 뒤 영은 하염없이 울면서 다다미 위에서 억지를 부렸다. 대곡은 어쩔 수 없이 그녀의 옆을 지키며 위로해 주었다. 그녀는 그를 껴안았고 사위가 조용해졌다. 그날 밤 대곡은 숙소에 돌아오지 않았다.

그 후로 대곡은 말수가 적어졌다. 숙소에서도 아무런 표정 없이 그림을 그리고 논문을 썼다. 한 달도 채 되지 않아 한 권의 괜찮은 화집을 완성하였다. 화가는 참으로 괴물이다! 그는 학교 신청에 관해 묻기도 했다. 교토에 있는 학교에 가기로 결정한 것이다.

나는 내 일처럼 기뻐했다. 영한테 이 사실을 알렸는지 물어보니 그는 웃으면서 그녀를 놀라게 해줄 거라고 했다. 곰곰이 생각해 봤는데 자기와 그렇게 잘 맞는 여자를 다시 만날 수는 없을 것 같다고 했다.

조금 걱정이 되었다.

"그럼 그녀한테 이야기해야지. 그때 그렇게 보냈는데 너를 기다린다는 보장이 없잖아?"

대곡은 긍정적으로 대답했다.

"내 거라면 언제든 내 거가 되겠지. 도망가지도 빼앗기지도 않을 거야."

아름다운 내일을 꿈꾸는 그의 모습을 보면서 왠지 불길한 생각이 들었다.

3개월 후, 대곡은 교토 세이카 대학에 입학했다. 미술 애니메이션으로 유명한 사립대학이었는데 훌륭했다. 출발 전 이자카야에서 대곡은 객쩍은 말을 했다.

"사람들은 일생에서 두 가지는 해봐야 한다고 하잖아. 불꽃 같은 사랑과 무작정 떠나는 여행. 난 이번에 두 가지를 다 해보

진심은 이별 후에도 상처를 남기지 않는다

130

게 되네, 하하.”

그러고는 수첩을 꺼내 보여주었다. 영의 인물 만화였다. 감성적이고 어여쁜 모습이었다.

나는 진심으로 축복했다.

“모든 일이 순조롭게 잘 되길 바랄게!”

교토에 도착한 대곡은 영한테 전화를 걸었다. 통화하면서 영이 다니는 학교로 향했다. 대곡은 영의 주소를 알고 있었기에 곧장 숙소까지 갈 수 있었다. 담배를 피우면서 어떻게 영한테 서프라이즈를 할까 궁리하고 있었다. 그때 어떤 젊은 남자가 숙소로 올라갔고 뒤이어 전화에서는 남자가 영을 부르는 소리가 들려왔다. 영은 미안해하면서 말했다.

“대곡, 미안해. 친구가 찾아왔어, 나 먼저 끊을게. 우리 나중에 다시 연락해.”

순간 대곡은 얼음처럼 굳어졌다. 쓴웃음을 지으며 물었다.

“설마 남자 친구는 아니지?”

상대방은 한동안 침묵을 지켰고 남자의 목소리는 더 크게 들려왔다.

“영, 영, 문 열어!”

“그래.”

남자가 영의 어깨를 껴안고 웃으면서 나올 때 머지않은 곳에서 이 광경을 지켜보는 대곡의 머릿속은 텅 비어 있었다. 마치 직구로 날아온 야구공에 맞은 듯 윙윙 하는 소리만 들려올 뿐이었다.

그는 영의 학교 운동장 벤치에 앉아 즐겁게 오가는 학생들을 물끄러미 지켜보면서 생각했다. 만약 그때 영한테 확실하게 대답했다면 지금 두 사람은 손을 잡고 교정에서 거닐고 있지 않았을까? 그러나 지금 그와 동행하고 있는 것은 손에 들려있는 담배와 교토의 쓸쓸한 가을 찬바람뿐이었다.

대곡이 쓴웃음을 지으며 인생이 참 거지 같고 여자들은 정말 쉽게 변한다고 할 때 나는 벌컥 화를 냈다. 그리고 가라앉은 목소리로 말했다.

"그녀가 너를 기다릴 의무는 없어. 한 번의 기회를 줬잖아. 소중하게 여기지 않은 것은 바로 너야. 모든 사람이 다 지고지순한 것은 아니야. 천년만년 사랑한다고 한번 말했다고 해서 다시 시작할 수 있는 것은 아니지. 배짱이 있으면 그녀를 다시 뺏어오고 포기할 거라면 그냥 싹 잊어버려. 그녀가 떠날 때 네가 확답을 주지 않았다면 그녀의 인생에서 넌 이미 사라진 거 아냐? 현실에는 변치 않는 것들이 그렇게 많지 않아. 더군다나 너한테 빚진 게 없잖아?"

대곡은 한숨만 쉬었다.

"후유, 그런 것들을 모두 소중히 여기지 않은 내 잘못이야……."

그 뒤 얼마 지나지 않아 나는 귀국했다. 올해 5월 교토 출장길에 대곡을 만나 한잔하게 되었다. 그는 학업 때문에 매일 바쁘게 움직이면서 하루하루를 충실하게 보내고 있었다. 영에 대해 물어보니 그는 웃으면서 이야기했다.

"이제는 다 내려놨어. 오랫동안 연락하지 않았지. 혹시 전화가 와도 무슨 말을 해야 할지 모르겠어. 이상하지 않아? 전에는 서로 못하는 말이 없던 두 사람이 갑자기 할 말이 없고 남은 것은 어색한 침묵뿐이라는 게."

사람들은 유감과 후회 속에서 참 힘들게 살아가기도 한다. 언제나 헛된 희망을 미래에 위탁한 채 먼 훗날에는 많은 기회와 시간들이 있을 거라고 착각한다. 그런 잘못된 희망으로 눈앞의 원하는 것들을 덮으려고 한다. 그러나 분명한 것은 많고도 많은 것들을 지금 바로 잡아야 놓치지 않는다는 것이다.

특히 감정, 열렬한 감정은 불덩이처럼 당신에게 날아온다. 당신이 지레 겁을 내고 피하고 또 피하고, 끄고 또 끄면 나중에 불은 완전히 꺼지고 남은 것은 잿더미뿐일 것이다. 당신이 춥고 공허하고 외롭다고 느껴질 때 잿더미를 보면서 다시 지펴보려고 한들 무슨 소용이 있겠는가?

스토리 3

〈성경 전도서〉 제3장에는 이런 말이 있다.

'범사에 기한이 있고 천하만사가 다 때가 있나니.- 날 때가 있고 죽을 때가 있으며 슬퍼할 때가 있고 춤출 때가 있으며 꽃이 필 때가 있고 질 때가 있다.'

처음에는 숙명론적인 느낌이 들었지만 이제는 여기에도 사람들에게 시사하는 바가 크다는 걸 알게 되었다. 세상 만물은 순식간에 만 번도 더 변하고, 수시로 희비가 교차하지만 가장 적당한 인연과 시기는 다 따로 있기 마련이다. 꽃이 피면 지기 마련인데 꽃이 피었을 때 즐겨야지 지고 나면 빈 가지밖에 없는 것 아니겠는가!

생명에서 가장 아름다운 것은 모두 눈 깜짝할 사이에 지나가 버린다. 봄날의 벚꽃, 여름의 불꽃놀이, 가을의 단풍, 겨울의 눈꽃 등 그 계절을 놓치면 영원히 그 아름다움을 맛볼 수 없다. 그 순간은 사람이 지배할 수 없다. 의미가 없는 희망은 미래에 넘기고 현재의 소중함을 잊지 말라.

어릴 적 〈파워레인저〉 장난감을 엄청 가지고 싶었다. 울면서 아버지한테 졸랐지만 끝내 성공하지 못한 기억이 지금껏 머리 속에 남아있다. 나중에 성인이 되어 불현듯 그 생각이 떠올라 인터넷으로 장난감을 주문했다. 그러나 포장을 뜯고 유치한 장난감을 보는 순간 우습다는 생각이 들었다. 어릴 적 두근거리고 폴짝폴짝 뛰던 그런 들뜬 마음을 다시는 찾을 수 없었다.

사춘기 시절 간절히 짝사랑했던 포니테일 머리의 소녀가 있었다. 풋풋한 고백의 기회를 놓친 후 세월이 흘러 다시 우연히 만났을 때 소녀는 이미 여인이 되어 있었다. 그녀는 편안하게 웃고 있었다. 나는 내가 놓친 것이 무엇인지 알고 있다. 그것은 가장 순수했던 시절 고백을 받고 부끄러워하는 상기된 얼굴과 소녀 시절 그녀의 기억 속에 남을 가장 좋은 순간 그리고 한평생 한 번밖에 없을 아름다운 한 장면이었다.

인생이 바로 이러하다. 놓치면 다시 돌아오지 않는다. 이미 지나간 그때의 느낌을 다시 찾으려고 한들 무슨 의미가 있겠는가?

가장 원할 때 나타나지 않으면 모든 것은 다 지나가 버린다.

나의 인생관에 거대한 영향을 미친 두 사람이 있다. 왕휘지와 개츠비가 그들이다.

중국 고전 〈세설신어〉에는 왕휘지가 눈 내리는 밤 흥이 나 배를 타고 대규를 찾아간 일화가 나온다. 지금까지 살아오는 동안 어떤 생각에 잠겼을 때 불쑥불쑥 이 이야기가 떠오른다. 오늘을 지배하고 용기를 내야 한다. 지금 이 순간은 다시 돌아오지 않기 때문이다.

오늘은 단 한 번뿐이고, 오늘은 그 어느 날과 다르다. 사람들은 내일이 오늘하고 같다고 생각한다. 혹은 내일은 오늘하고 같아야 한다고 생각한다. 그 때문에 많은 날을 살아도 똑같은 하루를 보낸 것처럼 따분하고 재미가 없는 것이다.

〈위대한 개츠비〉 마지막 페이지에 적혀 있는 몇 마디 말은 나를 한참이나 그 페이지에 머물게 한다.

개츠비는 저 초록색 불빛만을 믿었다. 해가 갈수록 멀어지기만 하는 가슴 설레는 미래를. 그것은 이제 우리 앞에서 자취를 감추었다. 그러나 무슨 문제인가?

내일 우리는 더 빨리 달리고 더 멀리 팔을 뻗을 것이다. 그러면 마침내 어느 찬란한 아침에 도달할 것이다. 그래서 우리는 물결을 거스르는 배처럼, 쉴 새 없이 과거 속으로 밀려나면서도 끝내 앞으로 나아가는 것이다.

개츠비는 더는 그 시절 풋풋한 소녀가 아닌 데이지를 악착같이 추구했다. 모든 것이 이전으로 돌아갈 수 있다고 믿었다. 나는 그에게 알려 주고 싶다. 사랑하는 개츠비, 감정이란 이렇게 잔혹한 것이야. 그때 당신이 나타나지 않았기에 더는 나타날 필요가 없어진 거야.

누가
누구의
리따런인가

대만 드라마 주인공

우리는 늘 누가 자신의 마음을 저버렸는지를 떠올리지 자신이 누구의 마음을 저버렸는지를 기억하지 않는다. 자신의 마음을 저버렸다고 생각하는 사람에 대해서는 언제나 마음속에 깊이 간직한다. 그들이 뒤돌아서 떠나는 모습을 떠올리면서 자신의 뒷모습을 바라보는 그림자는 보지 못한다.

내가 알고 있는 감정 중에 가장 어이없는 것은 바로 '감동은 있는데 느낌은 없다'라는 것이다. 누군가 내 인생에 들어와 아낌없이 잘해주고 진심을 담아 좋아해주는 것은 감동할 일이다. 사람이 목석도 아닌데 그 누군들 감정이 없겠는가? 상대방의 헌신과 관심 앞에서 아무런 느낌이 없을 수는 없다. 하지만 감정을 보은하기란 무척 어려운 것이다. 상대의 감정 앞에서 설레지 않는다면 감동했다고 해서 손잡고 한마음 한뜻으로 평생을 함께 할 결심을 할 수는 없다.

어떻게 거절하면 좋을까? 감사한 마음을 전달하면서. 더군다나 진지한 사람은 구애하는 것도, 받는 것도 쉬운 일이 아니다.

아령은 나의 사촌 누나다. 중학교 국어 선생인 누나는 교양이 있고 사리가 밝았으며 귀엽고 예뻤다. 눈부시게 화려한 미모는 아니었지만 그래도 평범한 집안의 예쁜 딸이었다.

언젠가 가족 모임을 마치고 우리는 커피숍에 모여 한담을 하게 되었다. 내가 이야기 듣기를 즐기고 글쓰기를 좋아하는 것을 알고 있는 누나는 담담하게 말을 꺼냈다.

"이야기 하나 들려줄게. 이야기하고 나면 나도 마음이 좀 편할 것 같아."

나는 처음 듣는 누나의 연애 스토리에 귀를 기울였다.

아령의 고등학교 시절, 앞자리에는 순박하고 얌전한 남자애가 있었다. 영화 〈포레스트 검프〉에서 나오는 주인공 포레스트 검프처럼 어리숙해 보이는 머리 스타일을 하고 있었는데 소박하고 정직했다. 그를 포레스트 검프라고 부르자.

그는 이과 과목 성적은 좋았지만 영어는 약했다. 반면 아령은 이과 성적은 별로였지만 국어와 영어 성적은 아주 우수했다. 두 사람은 서로 오가며 검프는 아령한테 영어 문제를, 아령은 검프에게 이과 문제를 물어보곤 했다. 하지만 두 사람의 관계는 공부에 한했다.

2학년이 되어 문과, 이과로 나뉘면서 아령은 문과 반으로 검프는 이과 반으로 갔다. 우연히 교정에서 만나면 서로 가볍게 인사하고 더 연락은 하지 않았다.

대학 입학 날, 학교로 가는 기차에서 두 사람은 우연히 만났다. 알고 보니 두 사람은 같은 대학에 입학한 것이었다. 대학에 입학한 기쁨과 타지 생활의 불안감으로 두 사람은 쉽게 가까워졌다. 학교에 도착한 검프는 아령의 짐을 들고 함께 기숙사까지 옮겨주고, 저녁을 같이 먹은 뒤 교정 산책도 했다. 어리석은 검프는 아령의 달콤한 웃음에 넘어가고 말았다.

대학 생활이 시작되자 검프는 여러 가지 핑계를 대며 아령을 찾아왔다. 책을 빌리기도 하고 영어 문제를 묻기도 하고 도서관에서 아령의 자리도 맡아주었다. 처음에 아령은 아무런 낌새도 눈치채지 못했다. 자신을 도와주는 순수한 검프가 참 좋은 사람이라고 생각하고 진심으로 고마워했을 뿐이다.

제삼자가 더 잘 안다고 룸메이트들은 검프의 속마음을 한눈에 알아보았다. 아령에게 그렇게 잘 하는데 좋아하는 게 아니면 뭐겠냐고 떠들어댔다.

아령의 이상형은 검프처럼 무던하고 소박한 남자가 아니었다. 하지만 상대방이 명확하게 고백한 것도 아니라 거절할 도리도 없었다. 다만 불필요한 상처를 주는 걸 피하고자 점점 검프를

누가 누구의 리따런인가

멀리하기 시작했고 완곡하게 자신에게 잘 해줄 필요가 없음을 내비치며 미안해했을 뿐이다.

그러나 검프는 호탕하게 웃으면서 말했다.

"괜찮아. 동창인데 도와주는 거야 당연하지. 달리 생각할 필요가 없어. 좋아하는 남자가 있다면 나도 널 응원할 거야. 집 떠나면 친구들끼리 의지해야지. 네 덕에 영어 성적도 많이 올랐고."

그 말을 곧이곧대로 믿은 아령은 진심으로 검프는 믿을만한 친구라고 생각했다. 마음의 문을 열고 열성적으로 그의 영어 공부에 도움을 주었다. 그렇게 두 사람은 늘 함께 공부했다.

2학년이 되어 아령은 연극 동아리를 같이하는 선배와 연애를 하기 시작하였다. 그 후로 검프의 모습은 보이지 않았다. 축하 문자 한 통을 보내고 나서 아령의 세계에서 사라졌다.

열애 중인 아령은 검프를 생각할 겨를이 없었다. 훨씬 뒤에 알게 된 일이지만 좀처럼 술을 마시지 않던 검프는 매일매일 만취하도록 술을 마셨고 취해서 기숙사에 들어와서는 널브러져 자기만 했다. 학업 성적은 급격하게 떨어졌다.

하지만 달콤한 첫사랑은 오래가지 못했다. 반년도 채 되지 않아 잘 생긴 선배는 더 젊고 예쁜 후배한테로 가버렸다.

처음으로 실연을 하게 된 아령은 눈물범벅이 되었다. 기진 맥진한 아령 앞에 검프가 다시 나타났다. 그녀가 눈물을 흘릴 때면 그 옆을 조용히 지켜주었다.

　그녀가 조금이나마 안정을 찾은 그때 귓가에는 검프의 노래가 들려왔다. 먼 훗날에도 그때를 생각하면 아령은 아련한 표정을 지었다.

　그 노래는 '블랙 팬서'中國 록그룹의 〈Don't Break My Heart〉였다.

아마도 내가 모르는 것이 너무 많은가 봐

아마도 나의 잘못인가 봐

아마도 모든 것은 이미 나를 스쳐 지나갔나 봐

아무 말이 필요 없을지도 몰라

Don't Break My Heart

다시 찾아온 따뜻함

당신이 침묵하는 모습을 보고 싶지 않아

홀로 기다리고

묵묵히 견디리라

기쁨은 언제나 나의 꿈속에 나타나지

……

　놀란 아령은 머리를 들었다. 수줍어 보이는 검프는 밤하늘을 바라보며 꾸밈없이 수수한 목소리로 부드럽게 그녀의 주위를 감쌌다. 별빛 아래 가볍게 읊조리고 있었다. 주위에 전혀 신경을 쓰지 않고 먼 곳을 바라보는 그의 맑은 눈빛에는 하나만 고집하는 견고함이 엿보였다.

Don't Break My Heart
다시 찾아온 따뜻함
당신이 침묵하는 모습을 보고 싶지 않아
홀로 기다리고
묵묵히 견디리라
기쁨은 언제나 나의 꿈속에 나타나지

아령은 순간 웃음을 터뜨렸다. 검프는 그제야 꿈에서 깬 것처럼 머리를 긁적이며 말했다.

"노래를 너무 못하지?"

"누가 그래? 완전 잘하는데. 나 괜찮아졌어. 너한테 이런 재간이 있는 줄은 몰랐네. 겉만 보고 사람을 평가해서는 안 된다고 하더니만."

"기분이 괜찮으면 우리 밥이나 먹으러 가자."

검프는 배를 만지면서 말했다.

"그래, 그리고 고마워……"

그 순간 아령은 검프한테 안기고 싶었다. 처음이자 유일하게

진심은 이별 후에도 상처를 남기지 않는다

그를 좋아하고 싶은 충동이 생겼다. 하지만 그것은 순간이었다. 잠시 망설인 후 그녀는 확실히 깨달았다. 검프는 친구일 뿐이지 자신이 감사한 마음으로 인해 그를 좋아할 수는 없다는 것을.

그 순간 그녀는 자신이 항상 검프한테 했던 '고마워!'는 음료수병 뚜껑에 쓰인 '감사합니다!'처럼 썰렁한 것이고, 마음속에 간직하고 있던 미안함은 '지금 거신 번호는 없는 번호이오니……'처럼 무정하다는 것을 알게 되었다. 자신이 그를 사랑할 수 없다는 것을 알게 된 순간 미안함보다 자책감이 더 컸다.

그 후로 아령은 학업에 모든 정성과 노력을 쏟아부었고 검프와 함께 도서관에서 공부하기도 했다. 검프는 아무 말도 하지 않았으며 곁눈으로 보면 항상 웃고 있었다. 검프는 그녀를 위해 묵묵히 많은 일들을 했다. 어리숙해 보이는 그는 그녀가 좋아하는 것들을 파악하기 위해 몰래 노트에 적어두기까지 했다. 보고 들은 아령의 습관과 여러 가지 특징들을.

"그를 좋아 할 수 있다면 얼마나 좋을까? 나는 늘 그렇게 생각했어. 시간이 흐르면 좋아하는 감정도 생기고 그와 함께 있는 것에 적응하고 자연스러워질 거로 생각했어."

여기까지 말하고 나서 아령은 한동안 침묵을 지켰다. 뒷이야기를 하려니 차마 입이 떨어지지 않는 모양이었다.

검프는 마치 우편배달부처럼 사랑하는 사람에 대한 관심과 사랑을 배달한 셈이다. 물건은 배달했는데 사람은 붙잡지 못했다. 두 번이나 다가갔지만 그녀의 마음속에 들어가지 못하고 어찌할 바를 모른 채 혼자 기다려야 했다.

"미안한데 혹시 검프가 못생겼어?"

"아냐, 아주 말끔해. 이과 남자 중에서는 그래도 잘 생긴 편이지."

"그런데 왜?"

"감정에 왜가 어디 있어? 어떤 사람들은 매운 것을 좋아하고 어떤 사람들은 단 것을 좋아하잖아. 배고파서 죽을 정도가 아니면 자기 입에 안 맞는 것을 억지로 먹지는 않잖아."

"시도해 봐도 좋을 거 같아. 검프가 너무너무 불쌍해 보여."

"지금에 와서 내가 이런 이야기 하면 거짓말 같지만 결혼은 잘해주는 사람하고 해야 한다고 하잖아. 하지만 여자들한테 가장 중요한 것은 설렘이야. 젊었을 때 누군들 로맨스 영화나 소설을 보지 않았겠어. 사랑은 감동과 타협할 수 없는 것이라 생각하지. 내가 오랫동안 그를 거절하지 못한 까닭은 아마도 나한테 설렘을 주는 그 순간이 오기를 바랐기 때문일 거야."

"그래서?"

"그는 오랜 시간 나와 함께 하면서 가장 절실한 고백을 했지만 나는 결국 마음을 설레게 한 다른 사람을 선택했지. 바로 지금 나의 남편, 너의 매형이야. 검프는 자신이 없었고 나는 좀처럼 그 사람한테 마음의 문을 열지 않았어. 아마도 이런 것이 바로 내가 그 사람을 저버린 이유가 아닐까?"

아령이 결혼하고 나서 일 년 후 검프도 소개팅으로 만난 여자와 결혼했다. 결혼식 날 그는 그녀를 초대하지 않았다. 아령은 고등학교 동창으로부터 결혼식 날 그 사람이 술에 취해 최건의 〈꽃집아가씨〉만 부르면서 어린애처럼 울었다는 소식을 들었다. 그 자리에 간 친구들에게 그 눈물은 행복의 눈물로 느껴지지 않았다.

순간 내 머릿속에는 대만 드라마 〈나는 아마도 너를 사랑할 수 없는가 봐〉한국에서는 〈너를 사랑한 시간〉으로 리메이크됨가 떠올랐다. 대다수 시청자는 아마도 남녀 주인공이 함께 있기를 바라지 않았을 것이다. 하긴 남녀 사이에 애매하고 부질없는 대화를 걷어내고 친구로 지낼 수 있다면 그보다 더 큰 복은 없을 것이다. 그러나 안타깝게도 사람들은 더 많은 것을 원하고 결국에는 여지없이 돌이킬 수 없는 실패자가 되고 만다.

모든 리따런이 다 청유칭을 얻을 수 있는 것은 아니다. 그리고 모든 청유칭이 다 리따런을 좋아할 수 있는 것도 아니다.

"그래, 인생은 원래 많은 아쉬움이 남지. 나도 그 사람한테 마음이 움직여 기꺼이 그 사람의 품속으로 달려가면 얼마나 좋을까 생각했었어."

"다 지난 일이야. 그냥 잊어."

누가 누구의 리따런이고 누가 누굴 놓쳤는지 어떻게 설명이 가능하겠는가?

커피숍 스피커에서는 〈그렇게 쉽지 않아〉라는 노래가 흘러나오고 있었다. 아령과 나는 침묵을 지키며 오렌지빛이 흘러나오는 탁자만 물끄러미 바라보았다.

시간은
제일 좋은
반창고

농구를 하고 돌아가는 길에 왼손이 갑자기 아팠다. 자세히 보니 손가락 끝에 상처가 나 있었다. 빨간 피가 한참 흘렀는데도 나는 모르고 있었다.

편의점에 들러 반창고를 사고 한참이나 손가락을 들여다 보았다.

'언제 상처가 난 거지? 농구를 하면서 부딪쳤을 때? 아니면 끝나고 음료수를 마실 때? 괜찮아. 요만한 상처는 금방 아무니까.'

오랜 친구 얼예의 커피숍에 들렀다. 저녁 식사 하기에는 이른 시간이어서 잠시 쉴까 싶었다. 월요일 오후라 커피숍은 텅텅 비어 있었다. 낯익은 아르바이트생 소소가 피곤해 보이는 얼굴에 미소를 지으며 얼예는 외출했다고 말했다.

나는 머리를 끄덕이며 물었다.

"무슨 일 있어?"

소소는 깜짝 놀라며 웃는 듯 마는 듯 야릇한 미소를 지었다. 누군가에게 마음을 털어놓고 싶어 하는 듯한 미소였다.

"연애 문제라면 나한테 이야기해도 괜찮아. 나는 낯설지 않은 남이잖아. 안전하지."

늘 앉는 자리에 앉아 나는 멍하니 밴드를 붙인 손가락을 바라보았다. 참지 못하고 건드려 보니 아직은 따끔했다.

소소는 롱 아일랜드 아이스티 한 잔을 들고 내 앞에 와 앉았다.

"커피숍에서 칵테일도 팔아?"

"요즘 커피숍에 오는 손님들이 술을 찾아서 얼마 전부터 칵테일을 만들어 팔고 있어요."

"그것도 괜찮지. 낮에는 커피를 팔고 저녁에는 술을 팔고. 요즘 같은 때엔 크로스 오버 마케팅을 해야 해."

나는 드라이진 한 잔을 주문했다. 무슨 까닭인지 나도 모르게 드라이진을 좋아하게 되었다.

"이야기해 봐. 남자 친구랑 헤어졌어?"

나는 얼음을 휘저으면서 머리도 들지 않고 물었다.

"어떻게 아세요? 연애 이야기를 많이 쓰시는 작가답네요."

"내가 무슨 작가라고 그래, 얼예가 헛소리하는 거야. 실연한 사람들을 많이 봐서 위로하는 말을 해주는 게 습관이 된 거지."

소소는 마치 하소연할 수 있는 상대를 제대로 찾았다는 듯이 말문을 열었다. 흐르는 음악을 배경 삼아 상처 입은 사랑 이야기를 들려주었다.

독자들은 내가 무엇 때문에 실연에 관한 이야기를 많이 쓰고 따스하고 아름다운 사랑 이야기는 별로 없는지 늘 묻곤 한다. 그 이유는 간단하다. 행복한 사람은 항상 비슷비슷하지만 상처와 고독은 실로 다양하니까!

소소의 연정은 청춘 드라마처럼 커피숍에서 시작되었다. 멋지고 잘생긴 남자가 쑥스러워하며 그녀에게 전화번호를 물었고 도도해 보이는 소소였지만 자기도 모르게 마음이 떨렸다.

그다음은 아주 순조롭게 진행되었다. 남자는 단순하고 솔직하고 유머러스했다. 몇 번 만난 뒤 두 사람은 사귀기로 했다. 그러나 일 년이 지난 뒤 그녀한테 사랑을 가져다준 남자는 그녀에게 더욱 큰 상처를 남겨주었다.

사랑하면 상처를 받게 되는 것이다. 순수하고 아름다운 사랑은 동화 속에나 존재하는 것이다. 내가 이해하는 "사랑해!"라는 한마디는 그 순간부터 상대방이 나에게 상처를 줄 권한이 있음을 선포한 것이나 다름없다.

소소의 남자 친구는 나이도 어리지 않았지만 집안 환경이 좋고 살아온 인생도 순탄했다. 하지만 스스로 뭔가를 노력해서 성취한 바가 별로 없어서인지 주관이 뚜렷하지 않았다. 예를 들면 친구들 모임에서 친구들이 '네 여자친구는 왜 화장을 안 하지? 쌩얼이 별로인데'라고 하면 바보처럼 수긍하고 그 말을 그대로 소소한테 전했다. 그 말을 들은 소소는 기분이 언짢았지만 남자 친구의 체면을 생각해 열심히 화장법을 배우기 시작했다.

어느 날 남자 친구는 기분이 꿀꿀하다면서 술을 마시러 나오라고 했다. 소소는 생리 기간이라 찬 것을 마시면 불편하다고 했지만 남자는 어린애처럼 떼를 쓰면서 소소가 오지 않으면 혼자서 토할 때까지 마실 거라며 바로 나오라고 했다.

이처럼 소소를 배려하지 않는 일들은 많았다. 비록 남자가 귀엽고 재미있을 때가 더 많지만 이처럼 배려 없는 행동들은 마치 손가락에 난 상처처럼 별거 아닌 것 같은데도 깊은 밤 조용히 혼자 있으면 마음 한구석에 자그마한 생채기를 보탰다.

어떨 때 소소는 차라리 잘 됐다고 생각했다. 그만두고 싶었다. 어리광만 부리는 남자가 과연 소소의 말 속에 숨을 뜻을 알아들을 수 있을까? 하지만 그가 껴안으면서 "자기야." 하고 달콤하게 부르면 마음이 또 약해졌다. 마치 시의적절하게 붙여진 밴드처럼 피가 흐르기 시작하는 상처를 감싸주었다.

국경절 휴무가 되자 남자는 돌연 소소한테 자기 부모님과 같이 식사를 하자고 했다. 소소는 조금 긴장했지만 마음 한구석에는 안도감이 생겼다. 남자가 두 사람의 만남을 진지하게 생각하고 있다고 생각했고 부모님과도 이야기가 다 된 상태라고 생각했다.

그런데 누가 알았으랴? 남자는 부모님을 깜짝 놀라게 하려 했던 것이다. 그의 부모님은 식사 장소에 오시기 전까지 아들한테 여자친구가 있다는 사실조차 까맣게 모르고 계셨다.

그러자 남자의 생각과는 전혀 다르게 상황이 돌아갔다. 부모님은 희색이 만면하고 친절하고 상냥한 것이 아니라 처음부터 마지막까지 굳은 얼굴을 하고 계셨다. 몇 마디 하신 말씀도 경찰이 범죄자를 심문하듯 짜증 섞인 질문 투였다.

그의 어머니는 소소가 그 지역 사람이 아니라는 것을 알고부터 탐탁지 않은 표정을 드러냈다. 그 모습을 보는 소소의 마음은 조마조마했다. 어색하고 난처한 저녁 식사가 끝날 무렵 그의 어머니는 지방 사투리가 섞인 표준어로 소소한테 친절한 척하며 말을 건넸다.

"아이고, 우리 집안이 그래도 상류층에 속하는데 외지 며느리를 맞이하면 친척들이나 친구들이 뭐라고 하려나. 내가 외지 사람을 깔보는 것은 아냐. 외지 사람들도 우수한 사람들이 많으니까. 하지만 우리는 표준어를 잘 할 줄 몰라서 말이야. 외지 사람하고 이야기하려면 왠지 거리감이 느껴진다니까."

"엄마, 무슨 말을 그렇게 해요?"

남자는 불만을 표시했다.

"너는 입 다물어, 집에 가서 보자."

아버지가 쌀쌀하게 쏘아붙이자 남자는 바로 꼬리를 내렸다.

그 모습을 보는 소소의 마음에는 피가 흘렀다.

그 일이 있고 나서 소소는 남자를 외면하였다. 소소는 마음도 달랠 겸 휴가를 내고 여행을 떠났다. 그동안 남자는 많은 문자를 보냈다. 반드시 부모님을 설득할 거라고 맹세하기도 하고 진심으로 소소를 사랑한다고 다독이기도 했다. 여행에서 돌아 온 소소는 또 마음이 약해져 남자를 용서했다.

하지만 남자의 유치한 버릇은 고쳐지지 않았다. 단지 미래에 대한 말을 입 밖에 내지 않았을 뿐이다. 그냥 같이 밥 먹고 영화 보고 쇼핑을 하는 게 전부였다. 소소가 보니 남자는 버젓한 직장도 없고 부모덕에 살고 있어 부모를 떠나면 아무것도 못 할 거라는 생각이 들었다. 만사를 부모에게 의지해서 살아가고 있기 때문에 부모의 결정에 어긋나는 일을 할 거 같지도 않았다. 소소는 그냥 이대로 시간만 보내면 자신이 점점 빠져들어 헤어나오지 못할 거 같아 남자한테 이별을 통보했다.

남자는 만류했지만 결국 한숨을 쉬며 그녀의 뜻에 동의했다. 그러고는 긴 사과 편지를 보내왔다. 자기가 아직 성숙하지 못하고 힘이 없으니 자신이 성장할 시간을 달라는 등등의 내용이었다.

남자와 헤어진 후 소소는 여전히 그 자리를 비워 두었다. 남자는 여전히 수시로 커피숍에 찾아왔고 때로는 소소가 출근하는 직장에 데리러 가기도 했다. 친구들은 소소한테 그 남자와 친구로도 지내지 말라고 신신당부했지만 소소는 쉽게 놓을 수가 없었다. 그 남자와의 사이에 이런저런 사연들도 많고 상처도 많이 받았지만 여전히 쉽게 포기할 수 없었다.

그런데 어느 날, 갑자기 그 남자가 소소에게 마음에 드는 여자를 만나 결혼한다고 알렸다. 부모 친구의 딸이라는데 재벌 2세로 유학도 다녀왔고 모든 조건이 소소보다 월등했다. 남자가 SNS에 올린 두 사람의 동반 유럽여행 사진들을 보면서 소소는 오열을 참을 수 없었다.

'반창고도 없는데 그 사람이 남긴 상처는 아직도 남아 있다니. 내가 당신을 사랑한 대가가 상처로 남다니. 당신은 보지 못하겠지만 나는 잊을 수 없어.'

홀로 애를 태우다가 결국 와르르 무너진 것이다.

소소의 이야기를 듣고 나서 내가 입을 열었다.

"실연은 인생에서 하나의 상처야. 상처는 다 나을 수 있어. 가장 좋은 반창고는 바로 시간이지. 언젠가 그때를 떠올리면 또 아프겠지. 하지만 미워하지도 원망하지도 마. 축하해줄 수 없으면 아예 모든 연락을 끊어버리는 편이 좋아. 그 사람은 그 사람의 인생을 걸어가고 너는 너의 인생을 살면 되는 거야. 지금 이후로 각자의 영역을 침범하지 않는 것이 지나 가버린 사랑에 대한 가장 좋은 추억일 거야."

"그의 SNS를 보고 싶어 참을 수가 없는데 어떡하죠?"

소소는 칵테일을 마시며 그나마 안정된 듯했다.

"그건 아직 사랑하기 때문이야. 미국의 어떤 작가가 한 말인데 우리가 늘 이야기하는 사랑이란 지나간 기억에 불과하대. 기억은 지우기 힘들지만 그냥 내버려둘 수는 있지. 지울 거는 지우고 떠날 거는 떠나보내. 일시적인 감정 때문에 자기 마음을 힘들게 할 필요는 없어. 시간이 흐르면 모든 것이 지나갈 거야. 사랑은 나쁘지 않지만 질투와 회한은 독으로 변하지. 내키지 않고 괴롭더라도 그 모든 것을 자신을 위한 에너지로 바꾸어 더 잘 살아야 해. 그래야 더 좋은 사랑도 만날 수 있어. 그거야말로 진정한 너의 반창고야. 갈 놈은 가라고 하고 한잔하자. 지난 일은 바람 따라 보내버리고."

"하하, 선생님은 참 재미있네요. 고마워요. 사실 많은 일은 혼자 끙끙대는 거죠. 털어놓고 나니 한결 편해지네요. 건배!"

아이고, 격해져서 말했더니 손가락이 다시 욱신거린다.

잃어버린 것은
더 이상 생각하지
않기

우리는 외로워지자고 살아가는 것이 아니다. 애타게 찾고 또 찾는 것은 누군가 나의 마음속에 들어와 쓸쓸함을 몰아내 주기를 바라서다. 그러나 혼자라고 해서 외롭고 쓸쓸하기만 한 걸까. 진짜로 무서운 건 영원히 함께할 사람을 찾았는데 오히려 더 외롭고 쓸쓸해진다는 것이다.

오랫동안 나의 인생에 영향을 미친 두 가지 이야기가 있다. 하나는 앞에서도 이야기한 〈세설신어〉 중 왕휘지가 눈 내리는 밤 흥이 나 배를 타고 대규를 찾아간 이야기이다.

그리고 다른 하나는 바로 타증불고이다. 맹민孟敏은 원래 태원 지방에 사는 옹기장수였다. 어느 날 지고 가던 지게가 넘어져 옹기가 깨어졌는데도 뒤돌아보지 않고 그냥 가자, 그 모습을 지켜보던 임종이 그 까닭을 물었다. 그러자 맹민은 '이미 깨어진 그릇 돌아본들 무슨 소용이랍니까?' 하고 대꾸했다. 임종은 그의 생각이 남다름을 인지하고 공부하기를 권했다. 십 년 후 무지렁이 맹민은 세상에 이름을 널리 알렸고 그 직위는 삼공에 이르렀다.

오늘날 우리에게는 정신적 행복이 더욱 중요해졌다. 정신적 행복은 물질적 행복보다 진정 어려울 것 같지만 때로는 아주 간단하다. 둘러보면 주변에는 관성적으로 뒷북을 치면서 후회하는 불행한 사람이 많다.

"몇 년 전에 그쪽에 집을 샀으면 좋았을 걸, 그때 생각했었는데."

"차버렸던 그 멍청해 보이던 남자가 지금 부자가 되었대. 그이 마누라는 나보다도 못해. 내가 그때 그렇게 차는 게 아니었는데."

"어제 미팅하러 가는 게 아니었어, 괜히 아이폰만 잃어버렸잖아. ××가 전화만 안 했어도 내가 전화기를 아무 데나 놓지 않았지."

잃어버린 기회, 스쳐간 애인, 잘못된 선택, 착오로 인한 분실 이러한 것들은 우리의 인생과 늘 함께한다. 일은 이미 지나갔다. 아무리 후회한다고 해도 변화되는 것은 없다. 그러나 사람들은 꼭 후회한다. 마치 그러면 세월이 거슬러 올라올 것처럼.

투자한 주식이 하락하면 하늘을 원망하고 남의 탓을 한다.

"그때 내가 이 주식이 위험하다고 했잖아, ×××가 괜찮다고 해서 내가 투자를 했는데."

사실 그 ×××는 그냥 식사자리에서 그 주식이 요즘 괜찮다고 한마디했을 뿐이다. 애인과 헤어지고 친구한테 하소연을 하는데 친구는 마치 제갈공명인 양 그 남자에 대해 분석을 해준다.

"나는 네가 차일 줄 알았어. 그러니까 그때 내 말을 듣지."

그리고 두 사람을 서로 부둥켜안고 울음을 터뜨린다. 지난 일을 회상하면서.

전에는 루쉰노신의 작품 〈축복〉에 나오는 주인공 샹린소가 불쌍해 보였다. 그렇게 큰일을 당했으니 울분이 터지지 않을 수 없다고 생각했다.

유학 시절 나는 샹린소와 닮은 사람을 만난 적이 있다. 만날 때마다 자신의 비참한 가정환경과 백그라운드 없는 인생, 절망적인 사랑에 대해 말했다.

"신이여, 왜 저한테 이러시는 겁니까? 왜요?"

마치 하늘이 그를 벌하기 위해 태어나게 한 것처럼 말이다.

처음에 그래도 여러 위안을 했지만 시간이 흐르니 그를 피하기에 급급했다. 우리 모두 보통사람인데 그 누군들 괴로울 때가 없으랴? 상대방한테 자신의 부정적인 에너지만 전달하려고 한다면 사회인으로서 성숙하지 못한 표현이다.

어릴 적 우리는 쉽게 삐친다. 아빠가 장난감을 사주지 않으면 하루 동안 아빠를 모른 척한다. 그리고 쉴 새 없이 투덜거린다. '울트라맨 울트라맨 울트라맨…… 딱 한 번만, 아빠가 제일 미워!' 하면서. 미성숙한 사람은 성인이 되어도 애들처럼 마음속으로 입으로 끊임없이 투덜거리고 후회한다.

사실 태도는 180도 바꿀 수도 있는 거 아닐까? 교훈을 받아들이고 다음에 조심하면 된다. 생사가 달린 큰일도 아니고 대부분은 그냥 웃고 지나갈 수 있는 일들이다.

어릴 적 학교 시험에서 겨우 꼴등을 면한 적이 있다. 잔뜩 주눅이 들어 집에 왔는데 성적표를 보신 아빠가 의외로 웃으시면서 말씀했다. "하하, 겨우 꼴등을 면했네? 일 년 동안 너를 놀릴 거리가 생겼구나." 작년에 교통사고를 내게 되었는데 누나가 그 사실을 알고 나서 첫마디가 "하하, 너 이제는 내가 운전 못 한다고 구박 못 하겠지. 하하!"였다. 이런 가족들과 함께라면 무슨 일이든지 우울하려고 해도 그러기 어렵잖겠는가. 이미 버린 것은 줍지 않고, 깨진 옹기는 더 신경 쓰지 않으면 그만인 것을.

습관처럼 묻어있는 생각을 버리는 것이 쉬운 일은 아니다. 하지만 시도해볼 수는 있다. 새로 산 아이폰을 재수 없게 놓치게 되면 이렇게 생각해 보라.

'하하, 핸드폰을 화장실에서 놓쳐버렸네. 핸드폰이 빠지는 순간에도 저걸 사진으로 찍어야 하는데 하고 생각했어. 아뿔싸!

근데 핸드폰은 이미 변기 속에 빠졌어. 하하! 만약 내 친구에게 벌어진 일이 아니라면 나는 얼마나 놀렸을까?'

그 순간 인생은 환하게 밝아진다. 화내는 연령대가 지나면 당신은 진정으로 어른이 된 것이다.

인도 잠언에 이런 말이 있다.

당신이 그 누굴 만나든지 그 사람은 당신하고 맞는 사람이다.

어떤 일이 생기든 그것은 모두 유일하게 존재하는 것이다.

언제 일이 일어나든 그때가 바로 적당한 때다.

이미 끝난 것은 이미 끝난 것이다.

잃어버린 것은 더 이상 생각하지 않기

사랑한다는 것은
고뇌와 계약을 맺는 일이다.

_레스피나스

사랑은
열지 않은
선물이다

막 대학에 입학한 사촌 여동생이 물었다. 집에서 멀리 떨어진 타향에서 학교에 다니는데 대학에서 연애하면 결론적으로 헤어지기 마련이라면서 결말이 뻔히 보이는데 연애가 무슨 의미가 있냐는 것이다. 여동생의 연애를 위해 이렇게 조언했다. 첫째, 심심하고 외로워서 연애하지 말고 진심으로 흠모하는 사람을 찾을 것. 둘째, 만약 연애한다면 결국 헤어지고 말 거라는 비관적인 상상은 넣어둘 것.

연애의 신비는 함부로 속단하거나 예측할 수 없다는 데에서 출발한다. 100쌍의 연인들이 졸업할 때 헤어진다고 해도 101번째 연인들이 마지막까지 갈지는 그 누구도 모르는 일 아닌가.

'나의 마음을 설레게 하는 바로 저 사람이 나를 좋아할까?'

'지금 손잡고 걷고 있는 이 사람과 검은 머리 파뿌리 될 때까지 같이 갈 수 있을까?'

이런 일들은 모두 예상할 수 없는 것들이다. 하지만 사랑에 빠진 사람들은 빨리 결과를 통보받고 싶어 한다. 사랑이 세관통관 업무도 아닌데 말이다.

홍콩사람 이 선생에게는 아름답고 우아한 일본 부인이 있다. 두 사람은 행복하게 살고 있다. 그들이 처음에 사귀기 시작했을 때는 지금의 행복한 결혼생활까지 올 거라고는 생각하지 못했다고 한다.

이 선생이 긴 휴가를 보내고 있던 어느 날 오후, 낮잠에서 깨어나 편의점에 음료수를 사러 나갔다가 홍콩에 여행 온 길 잃은 일본 여자를 만났다. 잠깐 이야기를 나누다 그녀에게 주변 안내를 좀 해주게 되었다. 서로 이야기도 잘 통하고 하여 연락처를 남기고 페이스북에 추가했다. 그 뒤 며칠 동안 그는 그녀의 가이드를 도맡았다. 자신들도 모르는 사이에 짧은 만남에서 감정이 싹트고 그 후 두 사람은 온라인 상에서 소식을 주고받는 사이가 되었다. 어느새 서로에게 점점 더 호감을 느끼게 되고 서른이 다 된 사람들이 가십 같은 인터넷 원거리 연애에 빠지게 되었다.

주위 사람들이 좋게 볼 리 없었다. 온라인 연애는 상대를 신뢰하기도 어렵고 결말도 뻔한 지나가는 불장난 같은 거였다. 하지만 그는 사람들의 시선에 신경을 쓰지 않고 돌진했다. 그 사랑을 이루기 위해 일본어를 공부해서 일본에 가서 취업을 했고 그녀와 결혼했다. 두 사람은 행복했다. 그들의 연애를 부정적으로 생각하던 사람들도 두 사람의 참사랑에 감동하며 진심으로 축하해 주었다.

나는 이 선생에게 두 사람 사이에 아무런 결실도 못 맺고 두 사람이 함께하지 못하는 상황에 대해 생각해 본 적이 있는지 물었다. 이 선생은 담담하게 웃으며 말했다.

"그래도 나는 노력하지 않았을까? 실패하는 것보다 내가 더 두려운 것은 아무것도 하지 않고 아쉬움만 남기는 거였네."

누구나 연애에 실패해 본 경험들이 있을 것이다. 하지만 이 선생의 이야기를 들으면서 실패하더라도 그것이 아무 의미도 없다고 이야기할 수 없음을 깨닫게 되었다. 이 선생의 말처럼 아쉬움으로만 남으면 안 될 테니까.

사람은 일생 세 번 성장한다고 한다. 모든 일이 자신의 생각대로 안 될 때, 아무리 노력해도 아무 성과가 없을 때, 아무 성과가 없을 줄 알면서도 여전히 노력하고 있을 때. 이러한 태도야말로 진정한 사랑이고 순수한 사랑이고 마음에서 우러나는 사랑일 것이다.

일본 애니메이션에는 늘 순수하고 열정적인 스토리와 인물이 등장한다. 그들은 꿈과 신념을 지키고 첫사랑을 간직하고 가장 중요한 친구를 보호한다.

누가 우리에게 결과만 생각하고 공명심과 이익 추구에만 관심을 갖게 가르쳤을까? 누가 우리로 하여금 점점 더 조심하면서 외로이 걸어가게 했을까? 사랑할 때는 결과 따윈 상관없이 사랑 그 자체만 순수하게 느끼는 것이 얼마나 아름다운가? 얼마나 좋은 일인가?

아직 젊은데 맞든 틀리든 자신이 원하는 대로 해보았다면 두려워서 우물쭈물하다 아무것도 해보지 못한 것보다는 자랑스러울 것이다. 설령 그것이 실망스러운 연애였을지라도. 세상일은 누구도 예상하지 못한다. 그렇다면 왜 생각대로 살아가지 않는가? 최소한 자신은 자기 자신을 배신하지 말아야 하는 것 아닌가!

살아가면서 누군가를 만나고 헤어지는 것은 선물이다. 강물 위에 떨어진 낙엽처럼 흔적 없이 잔잔한 물결 속으로 사라지고 먼 훗날 그저 희미하게 남아있는 자그마한 기억이 된다. 사랑뿐만 아니라 모든 일이 다 그러하다. 항상 같이하는 것도 아주 중요하지만 헤어진다고 해도 어쩔 수 없는 일이다. 잡고 움켜쥐는 것은 그저 집착과 고통뿐이다. 시간은 멈추고 두 사람의 이야기도 그 자리에 멈춰 선다. 서로의 기억 속에 남아있을 뿐이다. 밤하늘을 바라보며 우연히 그들의 얼굴을 떠올리며 아름답고 따뜻했던 지난날을 생각하는 날이 오는 것이다. 사랑은 영원히 열지 않은 선물이다.

결혼식이
결혼생활에서
가지는 의미

　진정한 사랑은 물질적 욕구를 완전히 벗어나서 생사고락을 함께하려는 사랑하는 마음 하나 말고는 원하는 것이 없어야 하는 걸까?

　몇 년 전 〈나혼시대〉라는 드라마가 대박을 쳤다. 드라마 속 남자 주인공 '문장'은 힘들게 현실을 헤쳐 나가는 남자들의 마음을 보여주어 일약 스타가 되었다. 지금까지도 '사랑과 현실'이라는 이 문제는 좋은 해결책을 얻지 못했을 뿐만 아니라 오히려 많은 젊은이들이 고민하는 과제가 되었다. 한쪽에서는 수많은 젊은이들이 돈 때문에 결혼과 미래를 포기하는가 하면 다른 한쪽에서는 부유층의 호화결혼식은 더 호화로워지고 흥청망청해지면서 그 격차를 벌리고 있다.

특히 중국 대도시에는 사랑과 결혼을 갈망하지만 미래에 대한 희망 대신 불안감을 떠안고, 집도 차도 뒷배도 없이 일만 하며 지내는 개미족개미들이 지하에 굴을 파고 집단생활을 하듯 곤궁한 생활을 이어가는 도시생활자들을 일컫는 말이나 대학을 졸업하고 도심으로 출근하는 화이트칼라를 비꼴 때도 쓰는 신조어들이 있다. 속세의 덧없음을 깨달은 사람을 제외하고 그 누군들 편안한 집과 가족을 원하지 않겠는가? 힘든 하루를 보내고 집에 돌아가 가정의 따뜻함과 안정감을 느끼며 고된 삶을 잠시나마 잊으려 하지 않겠는가?

하지만 사회적인 문제로 내 집 장만은 점점 더 어려운 과제로 남는다. 중산층도 무너지고 없는 도시생활자들에게는 더욱더 그렇다.

중국이라는 나라에서는 혼인을 인정하는 데는 11위안만 필요하다. 하지만 사회가 혼인을 인정하는데 11만 위안이라도 안 된다.

고박에게는 인터넷을 통해 알게 된 여자친구가 있었다. 우린 흔하디흔한 사이버 연애려니 했지만 그녀는 사랑을 위해 고박이 사는 도시에 와서 자리를 잡았다. 특유의 낙천적이고 활달한 성격으로 우리 앞에 나타났을 때 우린 점차 선입견을 버리고 그녀를 달리 생각하기 시작했다. 두 사람은 대학교 때부터 연애를 시작하여 현재 동거하기까지 7년이라는 시간이 흘렀다. 여전히 사이가 좋았고 결혼할 나이도 되었다.

고박에게는 홀어머니가 있었고, 그녀는 부모님의 극심한 반대를 받고 있었다. 하나밖에 없는 딸이었고 힘들게 키웠는데 고박의 조건으로는 한 가정을 감당할 능력이 안 되어 딸에게 행복하고 안정적인 결혼생활을 안겨줄 수 없다고 생각하셨다.

하지만 딸은 이미 마음을 정했고 함께 고생하더라도 달갑게 받겠다고 했다.

두 사람은 인생의 야심과 포부가 큰 사람들이 아니었다. 그냥 좋지도 나쁘지도 않은 일반 회사에 다니는 수많은 평범한 샐러리맨 중 하나였다. 작은 임대 아파트에서 생활하면서 함께 영화를 보고 게임을 하고 커피를 마시고 책을 읽었다. 두 사람은 현재에 만족했고 그냥 이렇게 사는 것도 나쁘지 않다고 생각했다.

작년 설이 지나자 양측 부모는 그들에게 결혼 압박을 해왔다. 그제야 두 사람은 결혼에 대해 진지하게 생각하기 시작했다.

그녀 어머니의 태도는 아주 완고했다. 최소한 아파트를 장만해야 하는데 도시 중심가는 아니어도 되지만 크기는 70제곱미터 이상이어야 하고, 여자 측에서 자동차 한 대는 혼수로 장만하고, 신규 아파트가 아니어도 되지만 계약금은 반드시 다 치러야 한다, 결혼 후 두 사람이 공동으로 은행대출을 갚는다 등등. 요구가 그렇게 과한 것은 아니었다.

하지만 고박의 어머니는 그렇게 생각하지 않았다. 훌륭한 자신의 아들이 나중에는 크게 될 거라고 믿었다. 아내 될 여자가 자기 아들을 도와주지 못할망정 이런저런 요구를 한다고 생각했다. 집에 돈도 없고 그냥 10만 위안의 결혼자금만 줄 수 있으니 다른 거는 여자 쪽에서 알아서 하라, 시집 올 거면 오고 아니면 말라는 식이었다.

양가의 대립이 심해지자 가운데 끼인 두 사람은 무척 난처했다.

두 사람은 진지하게 나한테 상의해 왔다.

"우리 생각은 먼저 나혼*어려운 경제 사정 때문에 결혼식과 신혼여행 등을 생략하고 등기소에 혼인신고만 하고 결혼생활을 시작하는 중국의 신종 결혼풍속을 하려고 해요. 아파트나 차 같은 거는 나중에 생각하고 생활 조건이 좋아지면 결혼식과 반지 같은 것을 다시 하려고 해요. 지금 우리는 서로 사랑하고 또 행복하거든요. 임대 아파트에 사는 것도 괜찮아요. 너무 현실적인 물질적 이유 때문에 서로 감정에 금 가는 걸 원치 않아요."

그러면서 나의 조언을 듣고 싶어 했다. 사실 나는 나혼에 동의하지 않지만 두 사람의 진지한 눈빛을 보면서 마냥 찬물을 끼얹을 수는 없었다.

"이런 일은 잘 생각하고 결정해야 해. 혼인은 평생의 일이야. 그냥 같이 식사하는 거랑 달라. 물론 나혼은 사랑의 표현이지만 나혼이 사랑을 증명할 수 있는지는 두 사람이 이후의 생활로 증명을 해야 한다고 생각해. 만약 여건이 갖추어지지 않았다고 생각한다면 잘 생각하고 결정하는 것이 좋을 것 같아."

사랑에 빠진 사람들은 언제나 바보 같은 짓을 통해 사랑을 증명하려고 한다. 나혼이 꼭 바보짓이란 소리는 아니지만 좀 생각을 해볼 문제다.

어느 인터넷 사이트의 설문조사에 의하면 80퍼센트의 남자들은 나혼에 찬성한다. 하지만 80퍼센트의 여자들은 믿을 수가 없고 가능성이 없다고 생각한다. 결혼생활 중 생길 수 있는 불평등을 생각하면 혼인이 파탄 날 경우 여성들이 치르는 대가가 더 크다고 생각하는 것이다.

무책임한 남자들은 혼인을 여자와의 긴 잠자리 계약 정도로 여긴다. 대다수 동거를 선택한 남자들은 결혼에 대해서는 별로 생각이 없을 뿐만 아니라 오히려 크나큰 압력이라고 생각한다. 혼전 동거에서는 스스로 결혼할 계획과 준비가 있는지 생각해봐야 한다. 그렇지 않으면 그냥 외로움을 달래기 위한 공산이 더 크다.

여성에게 결혼은 안전한 정착생활의 종착지이다. 때문에 많은 여성이 사랑보다는 좋은 생활환경을 제공할 수 있는 남자를 선택하고 결혼한다. 나는 여성의 선택을 결코 물질적 배금주의라고 생각하지 않는다. 그건 본능에 가까운 선택이다.

"선사시대 동굴 생활을 하던 혈거인 때부터 다른 포유류 동물의 수컷은 암컷과 교배를 하고 얼마 지나지 않아 암컷 곁을 떠나 배란기에 있는 또 다른 암컷과 교배를 한다. 하지만 혈거하는 여자들에게 있어서 남자가 떠난다는 것은 태어날 아이가 굶주림에 시달리거나 아예 살해를 당할 위기에 처하게 되는 것이다. 그러면 남자를 잡기 위해 어떻게 해야 할까? 똑똑한 방법은 성에 대한 우위를 점령하는 것이다. 그것이 배란기가 지난 뒤라고 해도 말이다. 이것이 바로 혼인제도에 대한 최초의 인류학 의미이다."

― 재레드 다이아몬드의 《성취향 탐색: 섹스의 진화》 중에서

이와 반대로 절대적인 것은 아니지만 남자들은 번식 본능에 따라 늘 결혼제도의 여러 가지 걸림돌과 속박에서 벗어나려고 한다.

오늘날 장모들의 마지노선은 아파트 한 채인 것 같다. 면적의 크기와 상관없이 자신의 딸이 거처할 곳은 있어야 한다고 생각한다. 사회적으로 남자에 대한 요구도 그러하다. 거처할 곳이 없는데 어떻게 집이라고 하겠는가?

옛날부터 예단과 혼수는 공개적인 방식으로 교환했다. 그것은 가족 관계 안에서의 신분과 지위를 보여주고 확정짓는 의식이었다. 아파트는 현대 사회에서 일종의 경제적 지위와 관계 확

정을 보여주는 무형의 혼례의식으로 작용한다.

인류학의 측면에서 결혼에 대한 보편적인 정의는 '남녀가 사회의 승인을 받고 서로 간에 지속적인 성적 관계를 맺는 권리'이다. 혼인 관계를 맺는 남녀에게 있어서 결혼식의 형식과 의식 과정은 서로의 생애주기를 완성해 나가는 데 도움이 되며 인생의 새로운 단계에 들어서는 의미를 부여하는 단계이다.

때문에 나혼은 도박과 마찬가지로 이기면 서로가 좋지만 진다면 어떨지 생각해 볼 문제이다. 나혼이 사랑을 증명하고 장담할 수 있을까? 솔직히 말해서 사랑의 순수함과 확고부동함을 증명하기보다는 오히려 물질의 중요성과 현실의 벽을 증명하게 될 것 같다. 사랑은 정비례 함수처럼 영원히 앞으로만 나갈 것을 요구하는데 실제 우리 생활은 포물선을 그리고 있다. 자신은 뼈 빠지게 노력해서 앞으로 나아가고 있다고 생각하겠지만 사실은 둥글게 하락하는 포물선을 그리고 있다.

만약 나혼을 결정한다면 우선 확실히 해두어야 할 것이 있다. 순수하게 사랑만을 위해서라면 종이 한 장의 혼인 증명이 뭐가 중요하겠는가? 원하는 것이 법률적인 보장과 친지들의 축복이라면서도 그 의식은 돈 때문에 생략하려고 하는가? 전통이 존재하는 이유와 작용 의미는 분명 있다.

따라서 나혼은 반드시 신중해야 한다. 남자들이 간절히 원한다 해도 그래도 여자들은 일정한 보장을 받는 것이 좋다. 성대하지 않아도 괜찮지만 소중한 추억으로 남길 만한 것이 필요하다. 무협소설에서 나오는 주인공들처럼 산속에서 은둔 생활을 하려는 게 아니라면 말이다.

> 내가 비관해서가 아니야. 너의 장미꽃이 그렇게 소중한 것은 그 꽃을 위해 네가 공들인 시간 때문이야.
>
> – 생텍쥐페리의 〈어린 왕자〉 중에서

어떤 일이든 성취하거나 완성하는 대가가 적으면 소중히 여기는 정도도 그만큼 줄어든다. 친구여, 당신이 사랑하는 사람한테 영원히 사랑한다고 이야기할 때 당신은 어떻게 증명할지 생각해 보았는가?

평생이라는
말의
무게감

아마 한 번쯤은 이런 말을 들어본 적이 있을 것이다.

'결혼을 목적으로 하지 않는 연애는 유희다.'

영국의 대문호 셰익스피어가 이야기한 것 같다. 그 뒤 중국의 모택동 주석이 혼인 문제에 인용하였다. 나는 이 말을 반대하는 것은 아니지만 결혼을 목적으로 연애를 한다면 더 심각하게 상대를 희롱하는 거라는 생각이 먼저 든다.

지난해 연말에 오랫동안 연락이 없던 여자동창생이 결혼했다. SNS에서 그녀의 결혼 사진을 보고 깜짝 놀랐다. 얼마 전까지만 해도 그녀는 연애하지 않았는데 불과 두 달 전에 소개팅에서 만난 상대와 정식으로 교제를 한다고 들었기 때문이다.

결혼 사진 아래에 그녀는 이런 글귀를 써놓았다.

'우리는 평생 사랑하고 영원히 함께할 것이다.'

내 친구가 영원히 행복하길 바란다. 하지만 평생이라는 단어를 쉽게 이야기하면 할수록 평생은 더욱더 실현되기 힘들지 않을까? 서로 사귄 지 두 달도 안 되는데 인생의 백 분의 일도 안 되는데 평생을 논한다면 이 단어의 무게감에 대해 무례를 범하는 짓이다.

내 방정맞은 생각은 이번에도 맞았다. 얼마 안 되어 우연히 우리 둘 다 잘 아는 친구를 만나게 되었다. 얘기 중에 번개 결혼을 한 그녀의 이야기도 나왔는데 아마도 이혼할 것 같다는 것이다. 남자가 외도를 해서 갈라설 위기에 처했다고. 겉보기에는 성실해 보였던 그 남자는 예전 여자친구와 계속 연락을 하다가 옛정이 살아났다고 한다. 흠······.

아무 코멘트도 필요 없다. 사랑에 빠져 있을 때는 모든 것이 아름답고 평생 함께할 것으로 생각하지만 생활은 계속되고 모든 것이 내 뜻대로 되는 것은 아니다. 주변에 만남과 이별이 많다 보니 사랑에 대해 비관적인 생각이 든다. 이 세상의 모든 비극은 우리 자신이 연출하고 주인공이 되는 것이다.

젊을 때 한 번 정도는 미쳐야 한다고들 한다. 무작정 맹목적으로 한 번 정도는 충동적인 행동을 해야 한다고 한다. 더욱이 사랑은 비이성적이고 비현실적으로 생각해야 한다고.

많은 사람이 결혼과 연애의 차이를 모르는 것 같다. 연애는 순간의 격정으로 열렬하게 할 수 있다. 필경 두 사람만의 문제니깐. 나중에 아무런 결실이 없어도 그냥 두 사람의 일이다. 누구도 뭐라고 하지 않는다.

하지만 결혼은 처음부터 끝까지 두 사람만의 문제가 아니다. 어떻게 보면 결혼은 두 사람과 별로 상관이 없다. 두 가정, 나아가서는 미래의 한 가정의 일이다.

처음 연애를 시작할 때 사람들은 자신의 가장 훌륭하고 따뜻한 부분만 보여준다. 하지만 서로 익숙하게 되면 자연스럽게 좋지 않은 습관들을 표출하게 된다.

연애를 시작하면 일주일에 적어도 한 번씩은 만나고, 서로 다정하게 대하고 깨가 쏟아진다. 결혼하게 되면 매일 같이 있어야 하는데 아침에 일어나 상대가 화장실에 가 냄새를 피우고 변비가 있는 것을 보는 것은 절대 유쾌하지 않을 것이다.

이 모든 것들은 시간의 흐름에 따라 조절이 필요하며 천천히 상대에게 적응해야 한다. 그 사람의 모든 것에 대해 하루 세끼 밥을 먹듯이 자연스럽게 생각해야 한다. 그래야만 진정으로 상대를 받아들이고 적응할 수 있다. 자신과 다른 점을 의식하더라도 어쩌다 답답하고 불쾌한 일들이 있더라도 서로 이해하고 지지해야 하는 게 결혼생활이다. 결혼생활은 매우 복잡한 것이다.

그래서 사람들은 서로 사랑하기는 쉽지만 같이 지내기는 힘들다고 한다. 우리는 본능적으로 자신한테 따뜻하게 대해줘야만 행복하다고 생각한다. 하지만 사람 사이는 그렇게 온화하게 지낼 수만 있는 것이 아니다. 살면서 서로 싸우고 의심이 생기는 것은 당연지사다.

대학 시절, 많은 친구들은 사귀기로 하면 친구들을 불러 밥을 사고 정식으로 소개하고 관계를 인정하고 축복을 받는다. 묵인 된 의식이었다. 나도 이런 의식이 필요하다고 생각한다. 그렇지 않으면 혼자 사랑을 한 건지, 같이 사랑을 한 건지 알 수 없다가 상대가 떠나버리면 다른 사람들이 볼 때는 나홀로 연애 착각에 빠졌다고 수군댈지도 모르니까.

건강하게 지속적으로 발전할 수 있는 연애는 당연히 서로의 생활 속으로 들어가는 것이다. 만약 당신과 연애를 하는 사람이 좀처럼 자신의 친구를 소개하지 않거나 자신의 SNS나 인터넷 계정에 들어오지 못하게 한다면 아마 결과는 썩 긍정적이지 않을 것이다. 지금은 다정하고 온갖 말을 다 하지만 마지막에는 그 냥 외로운 사람들이 만나서 수다나 떨었다고 할지도 모르니까.

결혼식 효과는 여기서 나타난다. 자신이 알고 있는 모든 사람 들에게 자신은 임자가 있는 사람이라고 공표하고, 상대를 소개 하고, 축복을 받는 것이다. 얼마나 경사스러운 일인가?

절대 결혼을 그냥 지인들을 모아놓고 한턱내고 식사하는 자 리라고 생각하지 마라. 그렇게 생각하는 바보는 없겠지만, 한턱 내고 식사하는 것은 그냥 여흥에 불과하다. 결국 결혼은 두 사람이 생활을, 오늘을 사는 것이다. 그 후의 생활이야말로 중요한 것이다. 오랫동안 서로 의지할 수 있는 것은 넘치는 열정이 아니라 어떻게 해야 상대에게 잘 적응하는지 고민하는 것이다.

요즘 번개 결혼과 번개 이혼이 부쩍 높은 비율을 차지한다. 결혼이라는 인생 대사는 오락이 아닌 고민에서 출발하길 바란다.

사랑의 힘은
몸소 사랑을 경험할 때가 아니면 알 수 없다.

_아베 플레보

비혼에
대한
단상

　나의 학생 중에 G라고 부르는 여자분이 있다. 연세는 60세에 가까운데 무라카미 하루키를 좋아한다. 그의 일본 원작을 읽기 위해 일본어를 배우고 있다. 그녀는 엄청 젊어 보인다. 그 연세의 분 같아 보이질 않는다. 세련되고 깔끔하며 부드럽고 담담하다.

　G는 현역에 있을 때 도서관 사서였다. 오랜 세월 책 속에 파묻혀 있은 탓에 그의 몸에는 문예 기질이 농후하게 배어있다. 옷차림은 늘 소박하고 산뜻한 체크무늬 셔츠나 꽃무늬 원피스였다. 화장을 하지 않아도 얼굴색이 맑고 혈색이 좋았다. 말투나 행동은 항상 가볍고 부드러웠다. 얼굴에는 늘 미소가 떠나지 않았다. 젊었을 때는 분명히 명랑하고 세속에 물들지 않은 참한 아가씨였을 것이다.

G는 지금까지 결혼한 적이 없다고 한다. 쭉 혼자였고 아이도 없고 가정도 없다. 그녀는 무용을 배우고 일본어를 공부하고 책을 읽고 글은 쓴다. 늘 혼자 여행을 다니고 싱글 생활을 즐기고 있다.

머릿속으로 G의 일생을 상상해 보았다. 젊은 시절 G는 도도하고 혼자만의 문학세계에 빠져 많은 사람과 왕래하지 않았을 것이다. 몇 번의 좋은 만남이 있었지만 결국에는 서로 갈 길을 갔을 테고. 가족들의 불안과 친척들의 뒷담화 덕분에 그녀는 더욱더 현실 세계에 저항하며 도서관의 문학 세계에 숨어 지낸다.

20대는 항상 마음속에 아름다움을 가지고 있다. 자신과 일생을 보낼 영혼의 반려자를 상상하고 책과 영화에서 본 여러 가지 훌륭한 품성을 아직 나타나지 않은 그 사람한테 모두 부여한다.

30대가 되면 자신이 고집하는 것에 대해 의심하게 된다. 친지들을 만나기 두려워하고 타협하려 한다. 썩 내키지 않는 사람들과도 왕래를 시작한다. 답안지를 써내지 못하는 학생처럼 억지로 답을 써서 내밀지만 스스로 설득되지는 않는다.

40대가 되면 일생에 한 번뿐인 시험 신청 기간이 지난 것 같은 느낌이다. 갑자기 모든 것을 내려놓게 된다. 어쩔 수 없지만 슬프지만 자신을 설득하기 시작한다. 비록 결혼하지 않아도 홀로 안정적이고 평온한 생활을 보낼 수 있다고 말이다.

50대가 되면 마음에 파동은 더 이상 없다. 혼자라도 잘 지낼 수 있다는 것을 알게 된다. 웃으면서 주변의 사람들을 대하고 한 떨기 꽃이 씨앗으로부터 만개하는 과정을 온몸으로 느끼게 된다. 순한 고양이 한 마리 키우고 조용히 책을 보면서 혼자 주말을 보낸다.

어떤 사람들은 G가 가엾다고 생각할지도 모른다. 의지할 곳도 없고 홀로 생활의 어려움과 외로움을 감당해야 하니깐 말이다. 하지만 모든 동료와 학생들은 G가 행복하다고 생각한다. 그것은 심신의 안정과 만족할 줄 아는 행복에서 온 것이다.

60세의 G는 일본어를 할 줄 알고 벨리댄스를 추며 요가를 할 줄 알고 아름다운 곳을 여행한다. 싱글 라이프에 너무 많은 부담을 가질 필요 없다. 너무 많은 일을 할 필요가 없다. 반드시 배우자, 아이, 자가용, 아파트가 있어야 하는 것은 아니다. 이런 것이 있다고 해서 꼭 행복한 것은 아니다. 이런 것들이 없다고 해서 꼭 불행한 것도 아니다. 관건은 본인이 어떻게 생각하는가에 달려 있다.

인생은 단 한 번이다. 자신의 삶도 잘 모르는데 다른 사람의 선택을 왈가불가할 수는 없다.

유학 시절 일본인들의 낮은 결혼율과 퇴직 뒤 높은 이혼율을 알고 놀란 적이 있다. 당시 나는 노인들이 많이 사는 지역에 살고 있었는데 주변에 사는 노인은 거의 혼자였다. 하지만 모두 즐거운 생활을 보내고 있었다. 친구를 만나고 술을 마시고 꽃을 가꾸고 애완동물을 길렀다.

　우연히 도서관에서 조사 자료를 보게 되었는데 일본 60세 이상 노인의 20퍼센트 정도가 미혼이라는 통계가 있었다. 다섯 명의 노인 중 한 명은 쭉 독신으로 지냈다는 뜻이다. 퇴직한 뒤 남편의 여러 가지 습관에 적응할 수 없고 더 이상 참으면서 살지 않고 이혼하는 여성들의 숫자도 늘어나고 있다. 근래 일본에서는 젊은 층의 결혼율도 해마다 줄어들어 온 사회가 주목하는 사회적 문제로 떠올랐다.

　빠르게 발전하고 있는 중국의 대도시에서도 이러한 현상은 조만간 나타날 문제이다. 주위의 사람들을 둘러보면 초등학교와 중학교 동창들 가운데는 일찌감치 결혼한 사람들이 많지만 대학교, 대학원 동창들, 또래 회사 동료들 가운데는 결혼한 사람이 적은 편이다.

　때문에 마음에 드는 사람을 꼭 만날 것이라는 요행은 바라지 않는 것이 좋을 것이다. 백마 탄 왕자님을 만나는 〈내 이름 김삼순〉 같은 드라마는 작가들이 시청률을 높이기 위한 수단일 뿐, 평생 동안 결혼을 하지 않을 가능성은 우리 세대에서 점점 높아지고 있다.

　굳이 이런 문제의 이면에 있는 복잡한 사회적 문제는 거론하고 싶지 않다. 내가 감당할 수 있는 것도 아니니까. 하지만 나도 결혼을 하지 않을 것 같은 강한 예감이 들어 생각을 안 해 볼 수가 없다. 결혼하지 않으면 어떻게 될까? 또 결혼하지 않으면 어떻게 해야 할까?

동쪽에 있는 나의 교수님은 상대가 자신의 이상한 성격을 참을 수 없을까 봐, 그리고 학술 연구가 더 재미있다고 생각하여 결혼을 하지 않았다. 그는 연구실에서 가장 많은 시간을 보냈고 논과 들판에서 조사를 했다. 전형적인 워커홀릭 형으로 자신의 일과 결혼을 했다

서쪽에 있는 나의 누나는 유명한 실내디자이너이다. 자기 소유의 아파트와 차도 가지고 있으며 얼굴도 예쁘다. 그녀의 마음에 드는 사람은 이미 다 결혼을 했고 그녀를 좋다고 하는 사람들은 마음에 들지 않았다. 해마다 탄식과 실망이 난무하는 누나의 생일날 옆을 지켜주는 것은 나뿐이다.

북쪽에는 온라인으로 장사를 하는 친구가 있는데 남편의 외도로 헤어진 뒤 지금까지 결혼과 남자를 믿지 않는다. 결혼을 한다고 해도 결국에는 바람이 날 거고 그러면 또 이혼할 것이라고 생각하고 있다.

남쪽에 있는 나의 명상 사부는 불교용품 가게를 운영하고 있다. 36세의 나이로 생활은 풍족한 편이다. 그도 누군가를 열정적으로 사랑한 적이 있었는데 결혼하려고 했을 때 가진 돈이 없다는 이유로 여자 부모의 반대로 헤어졌다. 그 후로 불경을 필사하고 선불교를 공부하며 혼자 긴긴밤을 보내고 있다.

서로 다른 길을 걷는 사람들이 '결혼없는 인생'이라는 똑같은 사거리에 마주하고 서 있다.

인생이라는 학교에서 결혼은 묵인된 여름방학 숙제다. 완성을 해야만 인생의 새로운 학기에 들어설 수 있다. 어떤 사람들은 일찍부터 준비를 하고 일찍 끝낸다. 어떤 사람들은 질질 끌면서 마지막에 가서 가까스로 완성한다. 또 어떤 사람들은 재미있는 여름방학 생활에 빠져 남들이 숙제했냐고 물을 때 그제야 생각해 낸다.

나는 결혼의 비애도 많이 보아왔고 화목한 가정도 많이 보아왔다. 행복 자체는 결혼과 필연적인 연관성이 없다는 생각이 든다. 시집을 가기 위해 결혼을 한다면 쉽게 할 수도 있다. 아내를 얻기 위해 결혼을 한다면 내심이 아주 편해질 것이다. 다른 사람에게 행복을 줄 줄 모르는 사람은 결혼에서도 이기적일 테니까. 반대로 착하고 따뜻한 사람은 결혼식장에 손잡고 들어가겠다는 약속은 함부로 하기가 더 어려울 수 있지만 매일 연인에게 진실한 웃음과 생애의 의지를 줄 수 있다.

'평생 결혼을 하지 않는다면 어떻게 될까?'

방에 꽉 차 있는 책과 금방 쓰기 시작한 원고와 벽에 붙어 있는 세계 각국 친구들이 보내온 엽서를 보면서 그렇게 두렵지는 않았다. 사실 걱정할 필요는 없다. 많은 사람이 일생 꿈꿔오던 참된 사랑을 못 만난다. 혼자 외롭게 죽어가는 것이 두려운 나머지 꿈꾸는 사랑 대신 가까운 사람을 찾아 자리를 메꾼다.

성공하는 사람에게 있어서 필요 없는 물건을 버릴 줄 아는 것은 반드시 갖추어야 하는 능력이다. 바쁜 사람은 모든 일에 바쁘다. 생활을 제외하고는.

— 세네카(Seneca, 고대 로마제국 철학자)

결혼을 하지 않으면 어떻게 해야 할지 한 번 정도는 진지하게 고민하는 시간이 필요하다. 나도 결혼을 반대하는 것이 아니라 그냥 가능성을 이야기하는 것이다. 세상 사람들이 모두 결혼을 선택할 수는 없다. 연애할 때는 현재를 소중히 여기고, 결혼한다면 가족을 잘 챙기고, 혼자일 때는 고독을 즐기면 된다. 마음만 잘 조절을 하면 되지 꼭 어떻게 해야 하는 것은 아니다. 인생이라는 게 단언하기 어려운 게 아닌가? 일종의 가능성을 열어 두고 모든 길을 부정하지 말라. 나이가 들면 들수록 긍정적인 말은 쉽게 하지 않는다.

나는 자기 자신을 싫어하는 사람이 되지 않길 바랄 뿐이다.

흘러간 모든 생활은 현재의 생활과 연결고리를 가진다. 우리를 변화시킨 것은 또 하나의 선택일 뿐이다.

성실한 사랑은 상실되는 일이 없다.

_아이헨도르프

지나간
자신과
건배하다

　어쩌다 친구랑 술집에서 만나 술을 마시고 있었다. 급한 전화 벨 소리와 함께 친구의 얼굴색이 변하더니 급하게 일어났다. 친구의 한 살 된 아이가 끊임없이 기침한다는 전화였다. 친구는 미안하다며 술값을 계산하고 걱정 가득한 얼굴로 나갔다. 그의 뒷모습을 보노라니 같이 유리 구슬치기와 달리기 시합을 하던 소싯적 친구들이 생각났다. 이제는 누구의 남편, 누구의 아빠가 된 그들의 얼굴에서는 책임감이 보인다. 나와 놀아주던 친구들은 이미 성숙한 어른이 되었다.

　'이제는 나와 놀아주는 사람이 없으니 내가 성장하게 된다.'

　남자들을 보면 많은 시간 동안 허송세월하다가 순간적인 몇 가지 일로 훌쩍 커버린다. 그것은 어떤 실패일 수도 있고 결혼일 수도 있다. 나는 아직도 혼자다. 주변 친구들이 쌍쌍이 웃고 떠들 때면 쓸쓸해진다.

한창 기분 좋게 술을 마시고 있었던 터라 그냥 집에 가고 싶지 않았다. 불현듯 과거의 자신과 대화를 하고 싶은 마음이 생겼다.

혼자일 때 나는 자신과 이야기한다. 공기와 대화를 한다.

때론 자신의 처지가 비참해 보일 때가 있다. 누군가가 곁에서 부드럽게 위로해 주는 것을 상상하기도 한다. 때론 중국 만담에 나오는 조롱꾼이 나를 비웃는 걸 상상하기도 한다. 나는 타인과의 대화를 통해 허위와 원만함을 배우고, 자신과의 대화를 통해 자기반성을 배운다.

요즘 세대는 솔직하게 자신과 대화하는 이가 드물다. 나는 구석진 곳에 자리를 다시 잡고 술잔을 들고 나 자신을 불렀다.

"hi, 열일곱 살의 나, 한잔할까?"

열일곱 살의 나는 쑥스러워하며 대답한다.

"무슨 이야기할까?"

"첫사랑 이야기?"

내가 다시 웃으면서 대답한다.

남자들은 항상 첫사랑을 그리워한다. 그 시절은 귀여울 정도로 단순하기 때문이다. 여자들은 첫사랑을 추억하기 싫어한다. 그 시절에는 가여울 정도로 순진했기에.

다른 사람들은 어떻게 첫사랑을 정의하는지 모르지만 나에게 있어서 첫사랑은 처음으로 나의 마음을 설레게 했고 밤잠을 이루지 못하게 한 불멸의 기억이다.

열일곱 살의 나는 부끄러움을 많이 타고 민감했다. 빼빼 마르고 키도 별로 크지 않아 발육이 덜 된 오리 새끼 같았다. 나는 좀 늦게 사랑에 눈을 떴다. 친구들이 초등학교, 중학교 시절에 누굴 좋아한 적이 있다고 이야기할 때마다 나는 자신의 늦됨을 애석해 했다. 얼마나 많은 예쁜 여자애들을 놓쳤단 말인가!

고2가 되던 해 큰비가 내린 뒤, 우연히 흰색 티셔츠에 말총머리를 한 그녀를 만났다. 처음으로 가슴이 두근거렸다. 그때는 사랑이 뭔지 중요하지 않았다. 마치 사과가 장미과에 속하는지 아니면 낙엽교목과에 속하는지 알 필요가 없는 것처럼 말이다. 그녀를 처음 만났을 때 나는 사랑이라는 것을 알았다.

기억은 오랫동안 흩어지지 않는 뭉게구름 같은 명쾌함을 보여주지 않는다. 그것은 잿더미 속에서 흩날리는 눈 같고, 소나기가 내리는 저녁의 낡은 우산 같다. 자욱한 안개 속에서 얼굴은 잘 떠오르지 않지만 그때 두근거리던 느낌은 여전히 기억난다. 때론 열일곱 살의 첫사랑은 내가 만들어 낸 거짓말이 아닌지 의심하기도 한다. 메말랐던 내 고등학교 시절에 색깔과 추억을 남기기 위해서 말이다.

어쨌든 그녀를 오랫동안 짝사랑했다. 마치 태어날 때부터 그녀를 짝사랑한 것처럼 엄청 오랫동안 말이다. 친구들은 그녀가 실제로 존재하는 사람이 아니라 내가 만들어 낸 환상 속의 인물이라고 생각했다.

열일곱 살 때 나는 그녀에게 접근할 기회가 무척 많았지만 차마 용기를 내지 못했다. 묵묵히 거의 한 권에 달하는 연애 편지를 쓸 정도였지만 그녀에게 한마디도 해보지 못했다.

나는 쓴웃음을 지으며 술잔을 들었다. 그를 원망하기 시작했다.

"너도 참, 그때 용기를 내어 좀 바보짓을 했으면 얼마나 좋아. 그때가 지나면 그런 느낌의 연애는 더 이상 없는 건데."

불쌍한 열일곱 살, 자기가 좋아하는 사람한테 다가가지도 못하고 자신한테 경고부터 했다.

"다가가지 마, 너는 그녀가 좋아할 가치가 없는 사람이야."

상대가 거절하기도 전에 자신을 멸시했다. 누굴 좋아한다고 할 때 처음에는 모두 열등감을 가지게 된다.

"어이, 열일곱 살, 열등감에 젖은 괴팍한 너는 아마 모를 거야. 십 년이 지난 뒤 나는 낯선 사람들하고도 자연스럽게 이야기를 나눌 수 있다는 것을. 말이 통하는 친구들도 많고 자신을 조롱하는 것도 배웠으며 부드럽게 사람을 대하는 법도 배웠어. 살면서 자신한테 후회스러운 일을 너무 많이 만들지 마."

"그럼 넌 지금 엄청 즐겁겠네?"

열일곱 살은 부러운 눈빛으로 나를 바라보았다.

"아마도, 하지만 나는 너도 부러워."

"왜?"

"한 사람을 사랑할 수 있다는 것이 부러워. 시간이 거기에서 멈춰버린 것 같아. 지금의 나는 어떻게 하면 진심을 누굴 좋아하는 것인지 점점 더 모르겠어."

나의 노트에는 이런 내용이 적혀 있다. 볼 때마다 멍해진다.

나의 모든 자신감은 모두 나의 열등감에서 온 것이다.

모든 영웅심은 모두 나의 연약함에서 온 것이다.

그럴싸하게 말하지만 내면은 의혹으로 차 있다.

온정이 있어 보이는 것은 무정한 자신을 싫어하기 때문이다.

"이젠 가 봐. 미성년자는 자야 할 시간이야."

열일곱 살의 나를 보내고 스무 살의 나를 맞이했다.

"hi, 스무 살, 처음으로 연애하는 느낌이 어땠어?"

스무 살이 되었을 때 나는 키가 많이 컸다. 입가에 수염도 자라기 시작했다. 눈빛은 여전히 맑았고 안경도 쓰지 않았다. 운동을 좋아하고 자신감도 부쩍 늘었다.

"연애하는 느낌은 참으로 좋아!"

스무 살의 나는 맥주 한 잔을 단숨에 들이켰다. 술이 사람을 취하게 하는 게 아니라 사람이 스스로 취했다.

"세상이 다 네 것 같지?"

나는 술을 입에 갖다 대며 웃었다.

"그래그래, 그녀의 숙소 밑에서 기다리노라면 진짜 세상이 다 사라진 것 같아. 아 맞다, 스물일곱 살, 나 그녀와 결혼했어? 졸업하면 바로 그녀한테 청혼한다고 말했는데……."

스무 살의 나는 기대하는 얼굴로 나한테 물었다.

"그녀는 작년에 결혼했어. 그런데 신랑은 내가 아니야."

나는 술잔을 내려놓고 담배를 꺼내물었다.

"뭐라고, 도대체 무슨 짓을 한 거야? 그렇게 좋은 여자를 붙잡지 않고? 경멸스럽군!"

스무 살의 나는 분노를 참지 못했다.

처음에는 우리는 한 사람을 좋아했다. 진짜 단순했다. 목소리가 듣기 좋았고 예뻤다. 동창인 데다가 동아리 모임에서 우연히 같이 술을 마셨고, 밤늦게까지 이야기를 나누었다.

그 시절 우리는 무언가를 얻기 위해서 누굴 좋아 한 것이 아니었다. 누굴 좋아한다는 자체가 이미 모든 것을 얻은 거였다.

모든 연애는 나중에 보면 마치 시간과 연애하는 것 같다. 때론 너무 빨라서 따라갈 수가 없고 때론 느려서 따분했다. 하지만 사랑을 가장 많이 받을 때 그때는 그 존재 자체를 모르고 있었다.

때문에 가장 좋은 연애는 두 사람 모두가 자신이 연애하고 있다는 사실조차 잊고 있을 때다.

"스무 살 때, 우리는 한 사람을 평생 사랑해도 부족하다고 생각한다. 아마도 받아 본 사회의 유혹이 너무 적어 그럴 수도 있고 너무 많이 사랑하기 때문에 그럴 수도 있다. 사랑이라는 게 아름다울 때는 순간 죽어도 괜찮다고 생각할 정도로 아름답고, 엉망이라고 생각이 들면 죽을 만큼 싫다. 태양도 영원하지 않은데 사람들은 사랑이 영원하기를 원하는가?"

나는 스무 살의 나를 설득하려고 했지만 그는 나의 설득을 받아들이지 않는 눈치였다.

"그만해, 당신은 속물이야, 자신이 좋아하는 사람을 끝까지 좋아하지 않는 것은 배신이고 사랑에 대한 모독이야, 나는 당신을 경멸해, 흥!"

"그렇겠지. 우리는 나이가 들면 들수록 자신도 경멸하는 사람이 되는 거야, 다른 평행 세계가 있어 너랑 그녀가 검은 머리 파뿌리 될 때까지 자손들과 행복하게 살았으면 좋겠어."

스무 살의 나는 잠깐 머뭇거리더니 "지금도 그녀를 생각해?" 하고 물었다.

"나는 그녀가 행복하길 원해, 서로의 인생에서 사라지는 것이 가장 좋은 축복이야."

〈바람과 함께 사라지다〉의 결말에서 레트는 스칼릿한테 이런 이야기를 했다.

"스칼렛. 나는 말이오, 깨진 조각을 열심히 주워 모아서 풀로 붙여놓고 붙여만 놓으면 새것이라고 생각하는 인간이 아니라오. 깨진 것은 깨진 것……. 나는 그것을 모아서 붙이기보다는 차라리 새것이었을 때의 추억을 간직하고 싶은 거요. 그래서 일생동안 그 깨진 조각을 바라보고 싶은 심정이오."

때론 끝내는 것이 가장 좋은 결말일 수 있다.

그렇게 이야기를 나누다 보니 밤은 깊어갔고 사람도 적어졌다. 나는 자신과 건배를 하고 대화를 계속했다.

그 뒤 매년의 나는 많은 이야기가 있었다. 우리는 이야기를 나누면서 탄식하기도 하고 슬퍼하기도 하고 웃기도 하고 침묵하기도 했다.

스물다섯 살의 나는 이미 취한 것 같았다. 바보 같은 소리만 했다. 그는 결사의 각오로 누군가를 사랑했는데 돌아온 것은 허무함뿐이라고 했다.

그는 흐느끼면서 말했다.

"제기랄, 다시는 사랑을 믿지 않아!"

나는 웃고 말았다. 그 시절에 나는 그렇게 주관적이었구나.

"너는 이 세상에 진짜 사랑이 있다고 믿어?"

그는 게슴츠레한 눈으로 내게 물었다.

"사실 많은 사람은 그래도 사랑이 있다고 믿어, 마치 외계인이 있다고 믿듯이, 믿지 않는 것은 그런 사람을 내가 만날 수 있다는 것이야. 그래도 희망을 품어야 해, 언젠가 현실이 될 수도 있으니깐."

"허튼소리 하지 마!"

"그래, 인생이 아직도 길고 긴데 낙천적으로 살아야 하지 않겠어? 그리고 너 취했어, 집에 가."

때론 기억은 무거운 짐이 된다.

기억은 언제나 믿을 수 없는 것이다. 하지만 감정은 하나의 상처 자국처럼 다 나은 줄 알았는데 비슷한 상황이나 문장을 보면 살살 아픔이 돋아난다. 어릴 적 기름에 얼굴을 덴 적이 있는데 지금에 와서도 끓어 오르는 기름을 보면 두려움이 앞선다.

참 어쩔 수 없는 것이다.

많은 곳에 가보고 많은 사람을 만난다. 어쩌면 그렇게 먼 길을 걷는 것은 기억에 대한 구속에서 벗어나기 위함이 아닐까. 하지만 술 한잔으로 흘러간 세월은 이미 자신의 몸속에 들어와 있고 영원히 떠나지 않는다는 것을 알게 될 것이다.

인생은 완벽하지 않다. 완벽한 인생이라는 것은 극히 일정적인 부분에서만 존재한다. 때문에 힘들게 쫓을 필요가 없다. 당신이 이미 갈 만큼 갔다고 생각한다면 자신과 건배하라. 그렇게 되면 당신을 짓누르던 무거운 짐도 깃털처럼 가벼워질 것이다.

지나간 자신과 건배하다

흘러간 모든 과거는 현재와 연결고리를 가진다. 우리를 변화시킨 것은 하나의 선택일 뿐이었다.

　　우리는 시간의 조각 속에서 사랑에 대해 생각을 한다. 하나 하나 조각의 발자취를 따라가면서 자신과 건배한다!

바라지도 않았다면
절망도 하지
않았을 것을

흐린 날 저녁 무렵 그녀는 빗속에서 잠을 깼다.

세탁기는 규칙적으로 절주를 때리고 있다. 드르륵드르륵, 그녀는 빗소리가 창밖에서 들려오는지 구분이 안 되었다.

위층의 차양에서는 한줄기의 물이 흘렀고 가끔 있다가 빗물이 베란다로 들어와 그녀의 몸을 적셨다.

불을 켜지 않은 방안에는 물안개가 떠다니는 것처럼 외로움을 퍼뜨리고 있었다.

이런 주말 저녁은 조용하면서도 애처로웠다.

손에 들려 있던 책은 이미 반쯤 젖었다. 장아이링의 〈소단원〉이었다. 비에 젖어 퍼진 페이지에는 이런 글귀가 있었다.

"빗소리는 마치 개울가 옆을 방불케 한다. 매일 비가 오면 좋겠다. 그러면 당신이 비 때문에 나한테 올 수 없다고 생각할 수 있으니……."

글귀를 반복해 읽으면서 기분은 티슈가 물에 떨어진 것처럼 가라앉았다.

전에 그녀는 주말에 비가 내리는 것을 좋아하지 않았다. 그토록 기대하던 데이트가 물 건너가기 때문이다. 하지만 지금은 좋아한다. 주말에 비가 내리면 집에 있어야 하는 이유가 되니까.

그녀는 의자에서 천천히 몸을 일으켰다. 다리가 조금 저려왔다. 가부좌 자세로 책을 보았을 뿐인데 쉽게 잠이 들었다. 자신도 나이가 들었구나 하는 생각을 하면서 몸에 떨어진 빗물을 닦고 편안한 잠옷을 바꿔 입고 나니 커피 생각이 났다.

집에는 사이펀 커피 머신이 있었다. 그것은 전 남친이 그녀에게 남긴 거였다. 그는 그녀에게 간단한 소묘와 수채화를 가르쳐 줬고 커피 원두를 구별하는 방법과 맛있는 커피를 내리는 방법을 가르쳐 주었다. 그를 만나기 전에 그녀는 커피를 좋아하지 않았다. 그녀가 커피 향에 빠지기 시작할 때 그는 커피 원두의 변질과 함께 자신의 종점이 없는 꿈을 찾아 떠나갔다. 사실 그때 그녀한테 일말의 긍정적인 희망만 줬더라도 그를 따라 어디든지 갔을 것이다. 하지만 양해를 구하는 완곡한 거절 외에 아무런 말도 듣지 못했다.

그녀는 눈을 감고 자기를 바라보던 그의 깊고 진지한 눈빛을 떠올렸다. 마치 눈을 뜨면 바로 눈앞에 있을 것 같았다.

그녀는 갑자기 슬퍼졌다. 담배를 피울 줄 몰랐지만 그 순간 담배를 피우고 싶었다. 서랍에는 빈 담뱃갑들이 수두룩했다. 동일한 담뱃갑을 오랫동안 간직하고 있는 것은 오직 한 남자와 스무 갑이 넘는 담배의 생명을 같이 했음을 증명하기 위해서다.

서랍에는 오랫동안 넣어둔 아직 뜯지 않은 담배도 있었다. 그녀에게 무한한 동경과 결혼에 대한 희망을 주었던 남자가 떠나기 전 남긴 마지막 선물.

미련이 남아 있는 그녀는 그것을 버리지 못하고 있었다. 언젠가 여행 중 그녀는 그에게 비취로 된 비휴 모양의 재떨이를 선물한 적이 있다. 그때 그는 놀라움과 감동을 금치 못했다. 낭비라고 하면서도 한편으로는 그녀를 꼭 끌어 않았다. 영원히 헤어지지 않을 것처럼.

그는 떠나기 전 그녀한테 이 담배를 건넸는데 그녀는 줄곧 그 뜻에 대해 알지 못했다. 오랜 시간이 흐른 뒤 그녀는 담배 이름의 뜻을 알게 되었다.

Man Always Remember Love Because of Romance Over.
남자는 낭만 때문에 한 사랑을 기억한다.

바라지도 않았다면 절망도 하지 않았을 것을

여자라고 왜 낭만을 싫어하겠는가? 하지만 여자들에게 있어서 가장 큰 낭만은 사랑하는 남자와 함께하고 그 사람의 아이를 낳는 것이다.

하지만 그는 어떠한 구속도 원하지 않았다. 그는 이미 두 번이나 결혼을 했다고 한다. 결혼이 그에게 가져다준 것은 공포뿐이었다고 한다. 그는 그녀에게 스페인 속담을 들려주었다.

El amor ederno dura aproximadaments tres meses.
사랑은 약 3개월 동안 지속된다.

결혼을 위해서라면 그는 그녀를 그렇게 사랑하지 않았을 것이다. 그는 그 속담을 들고 스페인으로 갔다. 그녀에게 담배 한 갑만 남겨주고 자신을 그리워하게 만든 채.

매운 담배 냄새와 편안한 단향의 향기는 그의 독특한 표징이었다. 지금도 방에는 그의 냄새가 남아있는 것 같았다. 짧고 단순했던 만남은 시간의 흐름에 따라 점점 멀어져갔다.

그가 그녀한테 가르쳐 준 것은 환상을 품지 않는 동반이었다. 그래야 실망하지 않는다. 바라는 것이 없는데 절망을 어떻게 하는가?

그녀는 마침내 그 담배를 뜯었다. 뜯는 순간 슬픔이 몰려왔고 곧 통쾌한 기분이 들었다. 담배 한 대를 뽑아 입에 물고 불을 붙였다. 한 모금 빨고 숨을 내쉬었다. 마치 기억을 깨끗이 비우듯 담배 연기를 내뿜었다.

창문가에 기대어 비 내리는 풍경을 감상하며 비에 흠뻑 젖어 있는 바깥세상을 보고 있었다. 곧 추석이라 가을 분위기도 깊어 갔다. 며칠 전 잠에서 깨어나 계수나무의 향기를 맡은 것 같기도 하다. 아파트 단지 밖에서 진행되는 지하철 공사에 길은 좁고 복잡했다.

불현듯 몇 년 전 어느 날 저녁 무렵이 떠올랐다. 그녀를 죽자 사자 쫓아다니는 청년이 있었다. 그녀보다 세 살 연하였는데 처음부터 단호하게 거절했다. 그날 저녁 그는 빗속에 서서 그녀 집 베란다를 바라보며 꼼짝도 하지 않았다. 그녀는 그 남자가 그냥 그렇게 서 있을까 봐 두려웠지만 한편으로 그냥 서 있기를 바랐다. 조금만 더 있었더라면 아주 조금만 더 있었더라면 아마도 주저하지 않고 용기를 내어 빗속으로 달려갔을 것이다.

하지만 결국 그 남자는 실망한 나머지 머리를 숙이고 자리를 떴다. 결국에는 인파 속에 묻혀 다시는 나타나지 않았다.

시간도 많이 흘렀는데 그 남자는 어디에 있을까? 어떻게 살고 있을까? 그 남자도 비가 내리는 밤이면 언젠가의 집착을 떠올릴까?

오랜 세월이 흘렀다. 사람들은 지난 일은 묻어버리면 된다고 하지만 그녀는 그렇게 생각하지 않는다. 지난 일은 알아서 떠오르기 때문이다. 세월은 알아서 쌓이고 통제를 벗어나 들이닥친다.

생각은 누굴 위해 멈추지 않고 마음은 누굴 위해 뛰려고 한다. 불현듯 무슨 생각이 들었는지 그녀는 수납함을 뒤지더니 일기책 한 권을 찾아들고 보기 시작하였다.

일기책에는 5년 전에 적었던 글이 보였다.

오늘은 나의 생일이다. 일 때문에 혼자 보내게 되었다. 서른이 되는 생일에는 지금처럼 외롭지 않길 바란다.

오늘은 그녀의 서른 살 생일이었다. 덧없는 세월은 유수같이 흘렀지만 여전히 조용했다.

젊은 사람들에게 있어서 삼 년, 오 년의 연애는 마치 일생을 지나온 것 같다. 하지만 서른에 들어선 사람들에게 있어서 십년, 팔 년은 순식간에 흘러간다.

그녀는 자신이 늙어가고 있다는 것을 알고 있다. 하지만 괜찮다. 스물다섯 살과 서른 살은 똑같이 외로웠다. 5년 동안 외로움만이 그녀와 함께했다. 그녀와 함께 정처 없이 떠돌았고 함께 원래 자리로 돌아왔다. 그냥 이렇게 일생동안 그녀와 함께할지도 모른다.

홀로 살던 장아이링이 죽은 지 7일 만에 사람들한테 발견된 일이 떠올랐다. 그때 뉴스에서는 '만년이 처량하다'라고 보도했다.

죽기 전의 장아이링도 자신이 처량하다고 생각했을까? 눈을 감는 순간 그녀는 누굴 떠올렸을까?

그녀는 자신도 몇 년 후의 어느 날 밤 빗속에서 외롭게 죽어갈까 두려웠다. 아무도 모르고 시체는 차가워지고 부식되고……

거기까지 생각하고 나니 그녀는 더욱더 무서웠다. 밖에서 들려오는 소리가 듣고 싶어 그녀는 라디오를 틀었다.

남성 사회자는 나지막하고 부드러운 목소리로 다가오는 추석 명절, 가족들과 만나는 행복한 장면에 관해 이야기하고 있었다.

창밖의 비는 끊겼다 내렸다 하고 있었다.

추석 날 밤의 달은 둥근데 나는 떨어진 꽃처럼 혼자된 기분이다. 빗속에서 제비도 쌍을 지어 날고 있지만 나는 홀로 추석의 밤을 보내고 있다.

장아이링은 이렇게 자신의 〈소단원〉을 평가했다.

"이건 사랑 이야기다. 내가 표현하려는 것은 사랑이 돌고 돌아 완전히 소멸되어도 그 무언가가 남아있다는 것이다."

지금에 와서 그녀는 소멸된 후 그 존재를 느끼게 되었다.

아마도 더 오래 지나면 그냥 한숨만 남을 것이다. 그러면 어떤가? 하늘에서 내리는 비가 들어주고 있지 않은가?

고개 돌려 지나왔던 숲길을 쳐다보고 돌아가리니 비바람친들 어떠하리, 맑은 날이면 어떠하랴.

- 소식의 〈정문파〉 중에서

무한
사용하는
스페어타이어

F는 불량하다. 그에 관해 몇 번 글로 쓴 적도 있다. 나보다 한 살 많은 그는 집안 형편도 괜찮은 편이라 가족들은 그의 결혼에 많은 신경을 쓴다. 여든에 가까우신 할아버지가 제일 급해하신다.

하지만 F는 결혼하고 싶어하지 않는다. 그는 사르트르와 보부아르처럼 평생 연애만 하면서 살고 싶어 한다.

나는 결코 그의 생각에 동의하지 않는다. 남자가 평생 연애만 하려고 하는 것은 책임을 지지 않으려는 이기적인 짓이다. 여자들도 마찬가지로 평생 연애만 하거나 평생 놀기만 한다면 모를까.

F는 어깨를 으쓱하며 이야기했다.

"성경에도 그런 말이 있지 않는가? 마음만 먹으면 찾을 수 있다. 세상이 이리 넓고도 큰데 그래도 맞는 사람이 있겠지."

나는 아니꼬운 눈길로 그를 흘겨보았다.

F의 우상은 바로 캐나다의 음유시인 레오나드 코헨이다. 평생 떠돌아다니며 노래, 시, 여자, 술과 함께한 사람.

그 사람의 우상이 누구인가에 따라 그 사람이 추구하는 인생을 알 수 있다는 것은 맞는 말이다.

어떤 사람들은 스티브 잡스, 마윈을 우상으로 생각한다. 그들이 추구하는 것은 세속의 성공이다. 어떤 사람들은 정치가, 군사가를 숭배한다. 그들이 갈망하는 것은 권력이다. 방랑자의 삶을 숭배하는 사람은 꼭 그렇게 되지는 않겠지만 마음속으로 가장 갈망하는 것은 바로 그런 삶이다.

마음 상태와 가치성향은 부단히 변화한다. 따라서 숭배하는 사람도 부단히 변한다. 우리가 인터넷을 통해 늘 관심을 보이는 사람들을 보면 예쁘거나 멋지게 성공한 사람이다. 그들에게 관심을 보이는 것은 그들의 삶이 바로 나 자신이 가지고 싶은 삶이기 때문이다. 하지만 우리는 그런 능력이 안 된다.

요즘 드라마에서는 플레이 보이 스타일의 탕아들이 많이 등장한다. 예를 들면 〈프랜즈〉의 조이와 〈용문표국〉의 꿍 수 등등. 그들은 언제나 삶에 신선함을 주기에 드라마에 재미를 불어넣는다.

홍콩영화 〈종횡사해〉에서 주윤발이 분한 아해는 이런 이야기를 한 적이 있다.

"너희들은 모두 내 성격 알잖아, 나는 여기저기 돌아다니기 좋아해, 사실 한 사람을 사랑한다고 해서 꼭 그녀와 평생 같이 있어야 하는 것은 아니잖아. 내가 꽃을 좋아한다고 해서 그 꽃을 따서 나만 향기를 맡을 수 없잖아. 내가 바람을 좋아한다고 해서 바람을 멈추게 할 거야? 내가 하늘에 떠 있는 구름을 좋아한다고 해서 내 머리 위에만 구름이 덮이게 할 수 없잖아. 내가 바다를 좋아한다고 해서 바다에 뛰어들까?"

전형적인 방랑자의 어록이다. 얼핏 보기에는 엄청 멋있어 보인다. 마치 한 사람을 사랑한다고 해서 꼭 그녀의 마음을 얻어야 하고 그녀를 소유해야 하는 것이 아니며, 사랑하고 좋아하는 것은 자연스러워야 한다고 간단명료하게 말하는 것 같다. 하지만 곰곰이 생각해 보면 엄청 이기적인 것이다. 바람과 구름은 감정에 답을 하지 못하는, 평생 사랑하고 같이할 수 없는 무생물이다. 사람이 초목도 아니고 어떻게 감정이 없으랴? 다가와 사랑을 하고 숱한 추억을 남겨놓고 그냥 떠나버린다면 남겨진 사람은 어떻게 해야 하는가? 순간 사라진 기억과 아름다움을 마음에 안고 아무 일도 없었듯 그냥 살아가야 하는가?

남자들은 아무리 나이를 먹어도 마음속에 어리석은 면이 숨어있다. 장난감을 좋아하고 새로운 사물에 호기심을 가진다. 원시 사회로부터 남자들은 수렵과 정복을 일삼았기에 탐색하고 발견하는 것을 좋아한다.

하지만 여자들은 다르다. 여자들이 바라는 것은 안전과 안정감, 그리고 편안함이다. 이것도 혈거시대에 자손을 양육하면서 시작된 것이다. 만약 보장과 책임을 질 수 있는 남자와 같이 있지 않으면 임신 기간과 수유 기간 동안 생존에 크나큰 위협을 받기에 결혼이라는 제도적 보장이 있어야 한다. 옛날에는 예법과 전통에 의존했고 지금은 법률과 물질에 의존한다.

현대 도시에는 비혼이 많고 연애를 지속하는 사람들이 적다. 어떻게 보면 주변에 혼자인 사람들은 거의 우수한 사람들이다. 사실 그들이 혼자인 이유는 그냥 즐기기 위해서이지 절대 상대를 찾을 수 없어서가 아니다. 예쁘고 잘생긴 우수한 비혼들은 상대를 찾기 힘들지 않다. 심지어 어떤 사람들은 애매한 관계를 유지하면서도 밖에 가서는 독신이라고 이야기한다. 선택의 범위를 줄이지 않기 위해서이다.

사람들은 늘 차라리 부족할망정 아무렇게나 채우지 않는다고 이야기한다. 대다수 도시 남녀들은 선택의 쾌감에 연연한다. 그들은 좋은 사람을 만나지 않는 것이 아니라 항상 더 좋은 사람에게 시선을 주고 있다. 사람들은 선택할 기회가 있으면 더 좋은 것을 추구한다. 하지만 선택을 많이 하게 되면 쉽게 결정을 하지 못한다. 바로 욕심 때문이다. 예쁜 옷 한 벌 사려고 나가면 늘 예산보다 많은 옷을 산다. 심지어 마음에 드는 것은 다 사려고 한다.

소개팅을 많이 한 사람일수록 상대방의 결점과 단점을 쉽게 잡아내고 점점 더 자신이 아깝다고 생각한다.

연애 중 끊임없이 나타나는 스페어타이어 문화, 당신은 누군가의 스페어타이어인 동시에 또 누군가를 자신의 스페어타이어로 생각한다. 남자들은 자신이 스페어타이어라는 것을 알고 있으면서도 참거나 달관하지만, 여자들은 절대 그것도 사랑이라고 생각한다.

F가 생각하는 평생 연애는 스페어타이어와 타이어를 끊임없이 갈아 끼는 관계다. 그냥 무한대로 갈아 끼는 것이다.

영국의 인류학자 더스몬드 모리스는 그의 저작 〈인간의 친밀행동〉에 인간 심리의 두 번째 영아기를 언급했다. 영아기와 마찬가지로 연인 사이의 친밀한 왕래와 신체접촉은 서로 의지하는 유대를 강화하고 '꼭 안아줘'라는 메시지를 '영원히 내 곁에 있어줘'로 승화시킨다. 하지만 일단 결혼을 하면 연인 사이는 새로운 둘만의 가정 단위로 되기 때문에 두 번째 영아기는 끝난다는 것이다.

부부 쌍방이나 혹은 어느 한쪽이 자신의 독립성이 위협받고 있다고 느끼게 되면 친밀한 행동은 점차 줄어든다. 모리스는 이렇게도 이야기한다. 소수의 행운아에게 이러한 친밀한 행동이 연장되거나 지속되기도 한다. 끊임없는 소통과 자녀의 성장을 통해 행복과 고통을 동시에 후회 없이 짊어진다. 이것은 가정의 힘이다.

F가 소위 이야기하는 평생 연애만 한다는 것은 영아기의 '놓지 못함', 유년기의 '나를 봐줘', 사춘기의 '상관 마' 등등을 끊임없이 반복하는 것이다. 연애 상대는 분명히 끊임없이 바뀐다. 사르트르와 보부아르의 겉보기에 완벽해 보이는 관계에도 사실 보이지 않는 어려움이 있었을 것이다.

〈중경삼림〉에는 이런 명대사가 있다.

"언제부터인지 모르겠지만 모든 물건에는 유통기한이 적혀 있다. 우유, 통조림, 청춘, 그리고 사랑, 심지어 포장 팩에도 사용 기간이 있다. 유통기한이 지난 물건이 있는지 나는 의심을 하기 시작했다."

모든 것에는 유효기간이 있다. 우주도 그러한데 사람이라고 별수 있겠는가?

진정으로 완벽한 평생의 연애는 결혼생활로 실현된다. 책임과 감당하는 과정에서 서로 함께하고 서로 사랑하고 소통하는 것이다.

진심은 이별 후에도 상처를 남기지 않는다

단순히 연애 중 격정의 아름다움을 즐기고 평범한 생활의 단조로움과 책임을 감당하려 하지 않는다면 그것은 이기적인 것이다.

"네 샘으로 복되게 하라 네가 젊어서 취한 아내를 즐거워하라. 그는 사랑스러운 암사슴 같고 아름다운 암노루 같으니 너는 그 품을 항상 족하게 여기며 그 사랑을 항상 연모하라"

－잠언 5:18

나의 결혼에 대한 공포는 아직 사랑을 믿기 때문이다.

평생 연애하는 마음을 당신의 영혼 속으로 들어온 그 유일한 사람에게만 가진다면 더욱더 아름다운 것을 얻을 수 있을 것이다.

무한 사용하는 스페어타이어

여자와 함께 있으면서
항상 실수하지 않는 것은
죽은 사람을 소생시키기보다 더 힘든 일이다.

_베르나르

당신과
함께
성장하는 사람들

　사람은 연인이 없어도 되지만 친구가 없어서는 안 된다. 이 세상에서 살아가면서 사람들은 사교적인 목적으로 이런저런 사람들을 만나게 된다. 진정으로 당신의 마음속으로 들어올 수 있는 사람은 반드시 소중히 여겨야 한다.

　많은 경우 친구는 연인보다 더 오랜 시간을 함께 보낸다. 마음이 통하는 친구 앞에서 우리는 철저히 긴장을 풀 수 있고 폼을 잡지 않아도 되며 자신을 자랑할 필요도 없다. 욕 몇 마디 하고 상대방이 자신한테만 불러주는 별명을 듣고 있노라면 마음이 더할 나위 없이 편안해진다.

　같이 헐뜯기도 하고 욕도 한다. 친구 앞에서는 펑펑 울어도 되고 이미지를 생각할 필요도 없이 실수해도 되고 발광해도 괜찮다.

마음이 통하는 친구들과 함께 있노라면 마치 어린 시절로 돌아간 것 같다. 잘난 척 아니, 척할 필요도 없이 그냥 순수하고 편안하다. 하지만 그들과 헤어지고 나면 우리는 다시 어른이 되어야 한다.

린위탕은 〈무대 뒤 친구〉에서 이렇게 이야기하고 있다.

"무대 뒤에 있는 친구는 나의 마음의 휴식처이다. 그의 앞에서는 화장을 할 필요도 없고 무대 의상을 입을 필요도 없다. 아무것도 할 필요가 없고 폼을 낼 필요도 없다. 마음속의 말을 할 수 있고 내 마음의 울분을 토로할 수 있다. 못난 이야기를 하면서 자신의 취약함과 나약함 그리고 두려움도 보여줄 수 있다. 앞 무대에 나갈 때마다 항상 긴장하고 점점 싫어진다는 것도 이야기할 수 있다. 그 친구가 당신의 이런 것들에 대해 위로를 해줄 뿐이지 절대 비웃거나 조롱하지 않음을 확신하기 때문이다."

진정한 친구 앞에서 우리는 진실한 자신을 다시 알게 된다.

어떻게 하면 진정한 친구를 만날 수 있을까?

어떤 사람들은 친구가 엄청 많다. 매번 식사할 때마다 많은 친구들이 모여서 떠들썩하다. 나도 전에는 그러했다. 세상 모든 사람이 형제 같았고 이웃 같았다. 하지만 자신이 어려움에 부딪

치고 곤경에 빠졌을 때야 누가 진정한 친구인지 누가 그냥 친구라는 이름표를 달고 지나가는 나그네인지 알 수 있다.

이 시대의 사람들은 모두 바쁘다. 친구를 사귀는 것도 점점 더 목적을 앞세우게 된다. 사람들은 자신이 알고 있는 이들을 인맥이라고 부른다. 필요할 때면 그들을 떠올린다. 하지만 억울하고 분하고 비통하고 고통스러울 때는 그 번호를 보면서도 쉽게 누르지를 못한다.

어떤 것이 진정한 친구인가? 그것은 바로 아무 거리낌 없이 사적인 시간에 상대에게 연락할 수 있고 설사 상대가 바쁘더라도 미안하다는 인사 같은 말을 할 필요가 없는 그런 사이다.

진정한 친구는 어떻게 사귀게 되는가?

하나는 세월이고 하나는 방향이다.

서로 알고 지낸 세월이 길고 짧음도 두 사람 관계를 판단하는 기준 중의 하나다. 어릴 적부터 죽마고우로 함께 자란 친구 사이에는 공동의 화제, 인간관계가 있고 손발이 맞는다. 다른 사람들과 비교가 안 되는 것이다. 서로가 좌절하고 실의에 빠졌을 때를 직접 보아왔고 청춘과 가장 멋진 세월을 같이 했다. 그들의 존재는 마치 목숨처럼 떨어지려야 떨어질 수도 없는 추억으로 가득하다.

당신과 함께 성장한 사람이 당신과 함께 익어가고 행복하고 늙어가면서 기나긴 인생길을 같이 한다면 얼마나 행복한 일인가?

다른 하나는 방향이 서로 맞는 사람들이다. 술은 지기를 만나 마시면 천 잔으로도 부족하다고 자신의 기호와 이상을 표현하는 데 인색하지 말라. 듣고 그냥 지나가는 사람들은 우연한 만남이지만 공감하는 눈길을 보내는 사람은 당신과 진정한 친구가 될 수 있는 사람이다.

명말청초의 장대는 이런 말을 남겼다.

'인간이 기호가 없으면 그는 감정이 없는 것이다.'

취미, 기호와 목표가 없는 사람과는 두터운 교분을 가질 필요가 없다. 그들은 모든 것에 깊은 감정을 가지지 않기에 왕래를 해도 의미가 없기 때문이다.

우리가 누군지를 결정하는 것은 우리가 어디에서 태어났는지, 부모가 누구인지, 무슨 일을 하고 있는지도 중요하겠지만, 이 세상에 대한 이해와 열정, 그리고 삶에 대한 애착과 기호로도 결정된다.

똑같이 음악을 사랑하는 사람들은 밤새워 노래 부르면서 술한잔할 수 있고, 문학을 좋아하는 사람들은 하루 동안 쉬지 않고 작품 이야기를 나눌 수 있다.

좀 이상한 취미가 있다고 해도 크나큰 세상에서 그리고 인터넷이 발전한 지금 어떻게든 같은 기호를 가진 사람을 찾을 수 있을 것이다. 걱정되는 것은 당신이 아무런 기호가 없다든지 찾으려 하지 않는다는 거다.

영국의 작가 오스카 와일드는 친구 관계에 대해 이런 이야기를 한 적이 있다.

> 모든 사람은 자기 친구의 불행에 대해 동정을 느낀다. 하지만 잘 나가는 친구를 감당하려면 아주 훌륭한 천성이 필요하다.
>
> ─〈사회주의하에서의 정신〉 중에서

이것은 솔직한 말이다. 대다수 사람은 친구의 불행과 고통에 동정을 느끼고 위안하고 타이른다. 하지만 친구의 성공과 출세에 대해 질투와 불편함을 느끼지 않고 진심으로 축하와 지지를 하기란 참으로 어려운 일이다.

마음이 좀 불편하다고 해도 그것은 당연하다. 하지만 친구와 함께 자기 일처럼 희열을 느낀다면 무조건 진정한 친구다.

만약 친구가 참으로 능력이 있는 사람이라면 우리한테 많은 도움을 줄 것이다. 하지만 그런 것을 당연하다고 생각해서는 절대 안 된다. 이 세상에서 법률과 도덕상의 관계를 제외하고 꼭 누구한테 뭔가를 해줘야 한다는 의무는 없다. 다른 사람이 당신을 도와준다면 그건 정이고 다른 사람이 도와주지 않는다고 해도 마음속으로 원망해서는 안 된다.

운 좋게 서로 뜻이 같고 생각이 일치한 유능한 친구를 만난다고 해도 꼭 명심할 것이 있다. 사람은 모두 감정의 동물인 만큼 상대가 당신을 친구로 생각한다면 당신의 진심을 원할 것이다. 누차 친구의 이름을 빌려 편리를 도모하고 상대의 도움받는 데에 젖어 있으면 그 친구도 자신이 이용당하는 느낌을 가질 수 있다. 상대가 먼저 손을 내밀면 몰라도 당신이 쫓아간다면 그것은 자신의 품위를 떨어뜨리고 우정을 짓밟아 버리는 짓이다.

평등, 존중, 자유는 친구에게도 마찬가지로 중요한 것이다.

전에 나와 정말 친했던 친구들이 나의 삶에서 몇년간 사라진 적이 있다. 그동안 나는 다른 많은 곳에서 다양한 친구들을 만났다. 어쩌다 연락이 되면 한두 마디 인사를 하고 그냥 전화를 끊었다. 많은 시간은 상대의 존재도 잊고 살았다. 그렇다고 해도 우리는 서로 멀어졌다고 느낀 적이 없다. 어쩌다 통화를 해도 어제 만났던 것처럼 친절하고 자연스러웠다.

서로 아무리 멀리 떨어져 있어도 이런 친구가 있으면 잊지 않는다는 것을 우리는 알고 있었다.

마침내 나는 고향으로 돌아왔다. 오랫동안 보지 못했지만 술 한잔 기울이며 이야기를 나누다 보면 헤어져 있었던 시절이 없었던 것처럼 느껴진다.

친구는 많을 필요가 없다. 일생 많은 사람을 만나지만 진정으로 마음이 통하는 사람은 몇 사람뿐이다. 때론 하나라도 족하다.

곤경 속에서 서로 의지할 수도 있고 서로 잊고 지낼 수도 있다. 내가 가장 감동하는 우정이고 인생의 진정한 보물창고이다.

시간은 모든 것을 가져가 버린다.
마음까지도

_베르길리우스

결과에
끌려가지 않는
생활태도

　나는 이런 사람들을 많이 보아왔다. 무슨 일을 하든지 크나큰 열의를 가지고 다른 사람한테 빼앗겨서는 안 된다는 생각으로 자신에게 대항하는 이들.

　나는 어릴 적부터 비교적 게으른 사람이었다. 힘든 것은 질색하고 무슨 일이든 넘치지도 모자라지도 않기만 원했다. 사람들은 내가 진취성이 없다고 늘 이야기했다. 때문에 뚜렷한 목표와 분발하는 정신력이 넘쳐흐르는 사람들에 탄복했었다. 하지만 그러한 사람들과 많이 접촉하면서 비록 그들이 노력하고 분투하지만 모든 것을 다른 사람들한테 인정을 받는 데서 표현하려 함을 보게 되었다. 예를 들면 1등, 수입 혹은 화려한 옷차림 등등.

자신이 원하는 목표를 위해 사는 것은 나쁜 일이 아니다. 앞으로 나아가는 원동력이 될 수 있다. 하지만 쉽게 지칠 수 있으며 초조함과 불안함을 초래할 수 있다.

남들 보기에 출세에 관심이 없는 나 같은 사람들은 일단 자신에게 맞는 위치를 찾으면 스스로 그 속의 즐거움을 느끼고 여유 있게 살아간다.

나는 사소한 일에서 즐거움을 찾을 줄 알고 평범한 생활에서 자신만의 즐거움을 느끼고 여유롭게 살아가는 사람을 좋아한다. 자신과 즐겁고 차분하게 지낼 수 있는 사람은 누구하고도 잘 어울릴 수 있다. 나의 관찰에 의하면 늘 다른 사람한테 불쾌감을 주는 사람들은 자신을 즐겁게 할 줄 모르는 사람들이다. 자기만 괴롭지 않으려고 다른 사람들을 불쾌하게 하는 것이다.

나는 위대한 장래희망이 없다. 자신이 잘하는 일을 하면서 적당히 돈을 벌고 자신을 먹여 살릴 수 있으며 적당한 휴식도 취할 수 있기를 원한다. 그리고 지나치게 예쁘지도 못생기지도 않은 잘 웃는 여자와 결혼하고 아기 낳고 순한 강아지나 고양이를 키우면서 아이가 커가는 것을 보고 하는 일에서 조그마한 성과를 거두게 되면 여유로운 전원생활을 즐기려 한다. 친구들과 차 마시고 바둑을 두면서 즐기다가 화창한 날씨에 웃으면서 인생을 마감하려 한다. 나는 이러한 생활을 상상하며 평범한 한 사람으로 살고 싶다.

자신의 생활에 대해 만족하고 즐거워하며 낙천적인 사람들의 가장 큰 공통점은 바로 생활의 중심이 겉치레에 있는 것이 아니라 마음에 있는 것이다.

－〈생명의 책〉 중에서

순간 나는 우리가 무엇 때문에 점점 더 즐겁지 않은지 알게 되었다. 그것은 기대하는 것이 점점 더 많기 때문이다. 어릴 적 우리는 만화책 한 권이나 애니메이션 한 편에도 엄청 즐거워했다. 그것은 우리가 뭔가를 바라고 얻기 위해서가 아니라 그렇게 하는 것이 즐거웠기 때문이었다. 하지만 커가면서 책 한 권을 읽고 밥 한 끼를 먹고 SNS에 글 한 편을 올리고 전화 한 통을 하더라도 뭔가를 얻으려고 한다. 바라는 것이 많아질수록 즐거움은 점점 줄어든다.

어떠한 결과를 얻는 데 마음에 급해질수록 점점 더 불안하고 정반대 결과를 얻게 된다.

돈과 물질은 나쁜 것이 아니다. 나쁜 것은 사람들이 간절히 바라는 마음으로 주관 없이 쫓아가면서 자신의 능력에 상관없이 그것들을 위해 치른 대가와 선택할 권리가 있음을 알지 못한다는 것이다. 누구나 자신이 갈 수 있는 길이 있다. 하지만 모두 남들이 가는 길을 걸으려고 한다. 그러다 보니 막다른 골목에 이르게 된다. 이 세상에 자신한테 적합한 자원은 무궁무진하다. 다만

결과에 끌려가지 않는 생활태도

우리 자신이 너무나도 많은 창의성을 상실해 버린 것이다.

　세상의 많은 일은 조금 천천히 해도 괜찮다. 무작정 속도만 추구해서는 안 된다. 영화 한 편을 보고 있는데 영화의 진도에만 관심이 있다면 영화가 눈에 들어오지 않고 마음만 초조해질 것이다. 영화를 안 보든지 아니면 영화에 집중해야 한다. 어떤 일을 할 때 속도만 추구한다는 것은 그 일에는 관심이 없고 다른 일을 하고 싶다는 뜻이다.

　마음의 풍요가 우리가 모든 것을 추구하는 궁극의 목적이다.

　결과에 끌려가지 않는 생활 태도도 하나의 아름다움이다.

　다른 사람보다 낫다고 해서 고귀한 것이 아니다. 진정한 고귀함은 부단히 어제의 자신을 초월해 나가는 것이다.